LA LIGNE
du coeur

CHARLENE KOBEL & LÉANE MORTON

LA LIGNE
du coeur

BOTTOM BEACH #1

Ce livre est une œuvre de fiction. Les noms, les personnages, les lieux et les évènements sont le fruit de l'imagination de l'auteur ou sont utilisés fictivement. Toute ressemblance avec des personnes réelles, vivantes ou mortes, des établissements d'affaires, des événements ou de lieux serait pure coïncidence.

Le code de la propriété intellectuelle interdit les copies ou reproductions destinées à une utilisation collective. Toute représentation ou reproduction intégrale ou partielle faite par quelque procédé que ce soit, sans le consentement de l'auteur ou de ses ayants-droit, est illicite et constitue une contrefaçon aux termes des articles L.335-2 et suivants du Code de la propriété intellectuelle.

Corrections : Sandrine Marcelly
Crédits photo : Depositphotos
Design de couverture : ©Covergraph
Copyright : ©Léane Morton & Charlene Kobel, 2017 – Tous droits réservés.

On ne peut pas cacher ce qu'on a dans son cœur.
John Caffey (La ligne verte)

CHAPITRE 1
Ashton

La foule est de plus en plus dense, comme si toute la ville avait décidé de venir passer la soirée au Poppies. Kole et Colton m'ont sorti de force. Je n'avais pas la tête à faire la fête et pourtant, ils ont réussi leur coup ! Il y a un nombre incalculable de filles. On reconnaît immédiatement celles qui sont là juste pour impressionner et espèrent repartir au bras d'un homme. La majorité des nanas présentes ce soir sont de cette catégorie. C'est navrant !

— Ash, tu comptes payer ta tournée ?

Mes deux potes sont déjà ivres. Moi, je suis SAM, ce soir, alors je carbure au Coca. Un peu agacé, j'appelle la barmaid et recommande une tournée. Elle me sourit, m'indiquant clairement que je suis à son goût, avant de me servir nos boissons. Je la remercie et me tourne à nouveau face à la piste de danse afin d'observer les fêtards. On voit de tout : le mec qui change de nana toutes les deux musiques, celui qui reluque de loin mais qui transpire à la simple idée d'aborder une de ces beautés. Sont aussi présents ceux qui n'ont pas froid aux yeux et qui se collent directement à leur proie. Ils n'ont aucune classe ! Jamais personne ne leur a appris les bonnes manières ? D'abord, on paie un verre à la nana, on lui susurre à l'oreille ce qu'elle veut entendre et si ça colle, on l'invite à danser. Seulement ensuite, on peut lui proposer de finir la nuit ailleurs.

Lorsque mon regard se porte vers l'entrée de la boîte, j'aperçois Emma et ses copines. La contrariété s'empare alors de moi et je finis mon verre d'une traite. Il me faut une clope ! Je jette un coup d'œil vers Kole et Colton et remarque qu'ils sont occupés à emballer deux nanas. Parfait ! Je me rends à l'extérieur pour fumer.

Emma a partagé cinq ans de ma vie avant de me planter comme un con pour son meilleur ami d'enfance. Je me méfiais de lui comme de la peste et j'avais parfaitement raison. C'était il y a un an et pourtant, la revoir me fout toujours en rogne. Elle est la première femme pour qui j'aurais pu tout sacrifier.

Je m'appuie contre un mur et salue quelques personnes de loin avant d'allumer ma cigarette. Je tire une première fois dessus et respire d'aise. Malgré mes mains qui tremblent de colère, je ressens comme une bouffée d'oxygène. Malheureusement, ça ne dure pas. Emma semble m'avoir suivi. Quand elle me repère, son regard s'illumine.

Va-t'en, Emma !

Évidemment, quand cette femme a quelque chose en tête, elle ne l'a pas ailleurs. Elle m'adresse un grand sourire auquel je ne réponds pas. Qu'est-ce qu'elle veut ?

— Ash ! C'est ici que tu te caches ?, dit-elle d'un ton mielleux en s'approchant de moi.

— Qu'est-ce que tu veux, Emma ?

Elle rit doucement alors que de mon côté, je lui montre clairement qu'elle m'exaspère déjà.

— Toujours aussi froid !

— Uniquement avec les personnes qui le méritent. Ton mec n'est pas là ?

Elle secoue doucement la tête et je crois apercevoir une lueur de tristesse. Si elle croit que je vais m'adoucir pour ses beaux yeux, elle se trompe complètement. Je n'en ai rien à faire si son couple bat de l'aile. Elle avait quelque chose de stable avec moi alors que son soi-disant pote avait une nouvelle nana chaque week-end. Jamais il ne changera, pas même pour elle.

— Arnaud est parti avec une autre, m'annonce-t-elle d'un ton fait pour que je m'apitoie sur son sort.

Je lâche mon mégot et l'écrase du bout de ma chaussure avant de la sonder d'un regard indifférent.

— Je ne vais pas dire que je suis désolé pour toi. Je m'en fous, Emma.

— Je sais que je t'ai blessé, mais…

Je lève la main pour qu'elle se taise et la contourne. Je ne veux pas connaître ses états d'âmes, je n'en ai rien à foutre de sa vie. Je pousse la porte et la chaleur de l'intérieur m'étouffe. Je cherche mes potes du regard dans l'unique but de leur faire savoir que je me tire d'ici. Je ne veux pas respirer le même air que cette garce.

Je repère relativement vite les mecs et me dirige vers eux pour sonner la fin des festivités. J'ai droit aux jérémiades de bourrés pour rester encore le temps d'un dernier verre. Bon, je peux bien faire ça pour eux, mais un seul et après ça, on se casse. Nous nous dirigeons vers le bar et je hèle à nouveau la barmaid pour passer commande. Elle lève le doigt pour me demander d'attendre, car elle sert déjà quelqu'un. Je tapote sur le bar et tente de regarder qui l'occupe. Ce sont deux charmantes demoiselles qui rient aux éclats. Je fronce les sourcils, je ne me souviens pas de les avoir déjà vues ici. L'une est blonde, cheveux longs alors que l'autre est châtain. Je n'ai pourtant bu aucune goutte d'alcool, mais je suis persuadé de voir plusieurs couleurs dans cette chevelure. De là où je suis, j'ai l'impression de distinguer un peu de rose et de violet se mêler au reste.

Je décide de me rapprocher d'elles discrètement en attendant d'être servi à mon tour. Je m'accoude à côté de celle qui paraît le moins à l'aise – celle à la chevelure multicolore. Je lui tourne le dos, mais je la heurte doucement et feins l'innocence.

— Excusez-moi, dis-je simplement.

Elle secoue la tête et me dit que ce n'est pas bien grave avant d'entrechoquer son verre contre celui de sa copine. La blonde s'écrie alors :

— À ton célibat !

J'entends la principale intéressée râler et je ne peux m'empêcher de ricaner. Pendant que je commande, Colton et Kole me rejoignent et me tapent dans le dos. Ils regardent tous les deux les nanas d'à côté et reluquent sans gêne la blonde. Cela n'a pas l'air de la déranger outre mesure, alors elle leur adresse un sourire aguicheur.

— Je reviens, lui dit son amie.

Elle se lève en secouant la tête et se dirige vers les toilettes pendant que mes deux potes prennent sa place en proposant un verre à la blonde. Cette dernière glousse avant d'accepter. Quant à moi, je leur pose leur verre sur le bar et leur dis que puisqu'ils sont en bonne compagnie, je vais m'en aller. Ils n'auront qu'à prendre un taxi.

— Ah ben non ! C'est dommage, ma copine t'a observé toute la soirée sans oser t'aborder.

C'est une blague ? Non, parce que je ne trouve pas ça vraiment amusant, en fait. Je hausse les épaules et décide finalement de rester un moment pour voir ce que la suite de la soirée pourrait me réserver.

Miss Boursouflet[1] revient quelques minutes plus tard et fronce les sourcils.

---

1 Dans l'univers de Harry Potter, petite boule de poils ronde et duveteuse, dont la couleur varie du rose au violet.

— Qu'est-ce que tu fiches, Amy ?
— Hailey, assieds-toi, bois un verre et profite.

Hailey… J'aime beaucoup ce prénom. Elle lève les yeux au ciel, s'installe sur le tabouret libre et boit une gorgée de son verre. Elle n'a pas vraiment l'air heureuse d'être ici. Comme mes deux imbéciles de potes semblent vouloir draguer cette Amy, je tente de me montrer sympa avec Hailey.

— Je m'appelle Ashton.

Je lui tends la main qu'elle fixe longuement avant de bien vouloir me regarder dans les yeux. Je ne saurais décrire la lueur qui passe dans son regard tant elle a été brève, mais elle finit tout de même par se présenter.

— Moi, c'est Hailey.
— Elle est souvent comme ça ? demandé-je en montrant son amie de la tête.

Hailey hausse les épaules et me dit que cette dernière aime plaire et que ça ne l'étonne même plus. Elle a beau tenter d'adopter un air détaché, je vois bien que ça l'agace légèrement.

— T'as envie de prendre l'air ?

Elle regarde à nouveau la fameuse Amy et semble hésiter, alors je prends les devants :

— Sans vouloir te vexer, elle n'a pas l'air de trop s'inquiéter pour toi en ce moment.
— Pourquoi pas, après tout ? finit-elle par se décider dans un haussement d'épaules.

Je l'invite à descendre de son perchoir, pose ma main dans le bas de son dos pour lui indiquer l'air de rien le chemin de la sortie des fumeurs. Devant la porte, aucun vigile pour surveiller les allées et venues, j'ouvre celle-ci et la laisse sortir en premier. Je remarque son petit sourire appréciateur. Elle a dû relever le fait que je connaisse la moindre des politesses face à une femme.

CHAPITRE 2
Hailey

J'ai à peine mis un pied à l'extérieur que je regrette déjà ma décision. Note pour plus tard : ne plus jamais laisser Amy me convaincre de boire du Martini. Cela me fait faire des choses stupides. Non seulement je viens de suivre un inconnu dehors, mais en plus, ça caille.

Croisant les bras dans une tentative désespérée de me réchauffer, je fais face à Ashton. Je l'ai admiré de loin pendant un bon moment quand nous étions à l'intérieur, je sais donc qu'il n'a pas bu une seule goutte d'alcool. Plutôt beau garçon, il ne fait pas du tout partie du type d'hommes que je fréquente habituellement. Je suis plus du genre à graviter autour de personnes comme moi : des gens sans réel intérêt, un peu passe-partout... Je dirais presque « invisibles », mais à noter la lueur dans le regard de cet apollon, je dois pouvoir rayer ce terme de ma description.

Je ne sais absolument pas quoi lui dire. Le silence me paraît pesant, j'ai déjà envie de rentrer rejoindre Amy. Lui, par contre, ne semble pas mal à l'aise pour un sou. Il est totalement décontracté. Je ne peux retenir une légère grimace quand je le vois sortir un paquet de cigarettes de sa poche et en caler une au coin de sa bouche. Chic, un fumeur !

Vous avez déjà embrassé un cendrier froid ? Déjà, l'odeur permanente que semblent traîner avec eux les fumeurs est insupportable sur la durée, mais quand ils nous embrassent… Une horreur… Mauvais point pour toi, Ashton, et le seul que je sois prête à t'accorder. Game over, mec !

J'esquisse un pas pour rejoindre mon amie quand il parle enfin après avoir rejeté un premier nuage de fumée :

— J'aime bien tes cheveux, c'est original.

Mes cheveux ? Il est sérieux ? Je suis sur le point de l'envoyer paître quand la lumière se fait dans mon esprit. Putain, ces foutues mèches !

— Ouais, euh, faut remercier Amy. Elle m'a assuré que ça me ferait du bien au moral. Je crois que le second Martini a eu plus d'effet que mes nouveaux cheveux roses !

— Tu oublies les violets, miss.

Il rejette un nouveau nuage de fumée que je me prends en pleine face. Cette fois, c'est trop pour moi.

— Bon, c'était sympa, mais j'vais plutôt retourner à l'intérieur. Salut !

— Hey, m'arrête-t-il en m'attrapant par le poignet. J'ai fait un truc qui t'a déplu ?

Si je le voulais, je pourrais facilement me dégager. Sa main enserre peut-être mon poignet, mais il n'y a aucune force dans sa prise. Un simple geste de ma part et je pourrais être libre. Je ne me sens pas le moins du monde menacée, juste contrariée.

— J'vais être franche avec toi, finis-je par lui dire en le regardant droit dans les yeux : t'es mignon, OK, je te le concède. Mais premièrement, je me les caille, là, et en prime, je n'apprécie pas vraiment la fumée de cigarette, encore moins quand on me l'envoie en pleine figure.

Il me relâche aussitôt pour retirer sa cigarette de la bouche. Il la jette au sol et l'écrase alors qu'elle n'était même pas terminée.

— Désolé, je ne fume quasiment jamais. Sauf quand je suis énervé, en fait.

— Voilà qui est très flatteur pour moi, ironisé-je dans une grimace.

— Merde, non, ce n'est pas ce que je voulais dire. Écoute, à mon tour d'être honnête : je ne comptais pas sortir ce soir. J'ai laissé mes deux potes me traîner avec eux en me disant qu'ils me changeraient un peu les idées. Seulement, sur toutes les boîtes de nuit de la ville, il a fallu que mon ex choisisse celle-ci pour venir avec ses copines.

— Rupture récente ? compatis-je.

— Pas vraiment, non. Mais je crois que c'était mon premier amour, alors ça fait un peu mal quand même.

— Ouais, je connais.

— Ton amie a trinqué à ton célibat tout à l'heure, tente-t-il pour essayer d'en savoir plus.

— Mouais, ce soir, ça fait un an que mon ex m'a plaquée. J'avais pas prévu de sortir non plus ni de finir avec les cheveux rose et violet.

— Moi, je trouve ça bien.

— Oui, eh bien chacun son point de vue !

Il éclate alors de rire. Un frisson me parcourt, et cette fois, ce n'est pas à cause du froid. J'aime bien ce son.

— Allez, viens, on rentre. Je ne voudrais pas être responsable de ton futur rhume, dit-il en m'indiquant la porte d'un geste.

Il ne nous faut guère de temps pour repérer nos trois amis lorsque nous sommes enfin de retour à l'intérieur. Qui pourrait louper une grande blonde bien foutue dansant collé-serré avec deux hommes en même temps ?

Alors que nous faisons route vers le bar, la main d'Ashton retrouve sa place au creux de mes reins. Son contact m'émoustille, l'impossibilité d'avoir une vraie conversation à cause du niveau sonore de la musique m'aide à me décontracter à nouveau.

Je viens juste de m'asseoir lorsque je sens mon compagnon d'un soir se crisper. Une superbe brune est à côté de lui en train de passer commande à la barmaid. La situation serait parfaitement anodine si la belle ne le frôlait pas à l'excès, genre l'air de rien, en lui lançant régulièrement quelques œillades.

Face à sa splendeur, mes cheveux roses et moi ne faisons clairement pas le poids. Je suis d'ailleurs prête à lui laisser le champ libre quand Ashton semble décider qu'il en a assez de ce manège. Il jette un regard à ses amis, fronce les sourcils de mécontentement, finit par me saisir à la taille pour me faire descendre de mon tabouret et m'entraîne sur la piste de danse. Je n'ai même pas eu le temps de me rebeller qu'il nous a déjà lancés dans un rythme que je peine à suivre. Il est collé contre mon dos, son bras continue de m'enserrer la taille, mais je n'y ressens aucun plaisir, car mon partenaire n'est clairement pas avec moi. Son attention est rivée au bar, sur la brune qui me fusille du regard. Enfin, les pièces du puzzle se mettent en place :

— Ton ex, je suppose ?

Il ne me répond pas. En même temps, je ne suis pas certaine d'avoir vraiment envie de connaître la réponse. Car pour le coup, ce n'est guère flatteur pour moi qu'un mec m'invite – oui, bon, OK, il ne m'a pas du tout invitée, il m'a traînée sur la piste – à danser uniquement pour se débarrasser de son ex.

Quand la nana effectue enfin un retrait vers la table de ses amies et que les quatre compères décident de partir, je m'écarte d'Ashton. Je n'apprécie pas du tout d'être utilisée. C'est bon, j'en ai ma claque. Avec ou sans Amy, je me tire d'ici. Je file vers le vestiaire, donne mon ticket à l'employée pour récupérer ma veste et mon sac, et file tenter de trouver un taxi.

CHAPITRE 3
Ashton

Merde ! Quel con ! Hailey se barre précipitamment vers le vestiaire. Il ne me faut pas une éternité pour comprendre que j'ai été la pire des enflures. Mon ex me retourne le cerveau à ce point ! Je deviens le dernier des connards lorsqu'elle est dans les parages. Je jette un coup d'œil à mes potes, qui s'éclatent toujours autant, puis décide de rattraper Hailey. Peut-être qu'avec un peu de chance, j'y arriverai avant qu'elle ne chope un taxi. Je file mon ticket à la nana au vestiaire et tapote nerveusement sur le comptoir. Elle ne veut pas prendre encore plus de temps ? Quand elle trouve enfin ma veste, je la lui arrache quasiment des mains et me précipite à l'extérieur. Je ne mets pas longtemps à repérer ma petite fugitive. Je remercierai Amy de lui avoir conseillé les mèches roses et violettes, c'est bien utile pour la retrouver !

Quand j'arrive à sa hauteur, je lui effleure le bras, je ne veux pas l'effrayer en l'agrippant. Elle sursaute et fait volte-face. Elle fronce les sourcils et soupire bruyamment.

— Ton ex est dans les parages ?

— Hailey, je suis désolé. J'ai vraiment fait le con.
— Alors, ça, tu peux le dire !

Elle croise les bras et me fusille du regard avant de lever la main pour héler le taxi qui arrive. Il faut que je la retienne, d'une façon ou d'une autre.

— Je n'avais pas le droit de t'utiliser. Mais quand Emma est là...
— Je ne veux pas savoir, Ashton. Je m'en fous ! On ne m'utilise pas de la sorte, m'interrompt-elle.

Le taxi s'arrête, elle ouvre la porte, mais je la referme brusquement et tire légèrement Hailey en arrière avant de taper un coup sur le toit du véhicule pour lui faire comprendre qu'il peut se barrer. Je n'en ai pas fini avec cette nana.

— Mais pour qui tu te prends ?, s'énerve-t-elle.
— Je suis navré. Je ne voulais pas te blesser, vraiment.
— Tu ne m'as pas blessée, il m'en faut bien plus. Tu m'as humiliée. Si tu veux rendre ton ex jalouse, je t'en prie, fais-toi plaisir, mais trouve-toi quelqu'un d'autre.

Quoi ? Attendez, je n'en ai rien à foutre d'Emma ! Je veux juste qu'elle comprenne que j'ai tourné la page. Sa jalousie, elle peut se la garder.

— Tu n'y es pas du tout. Ce n'est pas de la jalousie que je veux qu'elle ressente. Loin de là ! Il ne manquerait plus que ça, tiens !

Hailey secoue la tête et je sais que je perds la partie. Franchement, quel pourcentage de chance avais-je de tout faire foirer avec une nana dès l'instant où j'ai vu Emma ? Cent pour cent, c'est exact ! Je décide toutefois de demander à Hailey si elle veut bien revenir à l'intérieur.

— Tu te fiches de moi ? Tu crois que je vais accepter ta proposition après ça ?
— On fait un deal...
— « On », dit-elle en nous montrant du doigt, n'est rien du tout.

Je décide de ne pas en tenir compte et lui fait ma proposition.

— Un verre et si tu n'es toujours pas convaincue, tu peux te barrer après.

— Tu es bien trop confiant.

Je lui adresse un regard perçant accompagné d'un petit sourire innocent. Elle me fixe un instant avant de regarder ailleurs en hochant la tête.

— Bon, un verre et quoi qu'il arrive, je me barre après.

La petite sonnette d'alarme qui indique que je viens de gagner ce petit duel retentit dans mon esprit. Maintenant, il faut juste que je lui donne envie de rester et au pire, de me laisser son numéro, au mieux de finir la nuit avec moi. Nous pénétrons à nouveau dans le Poppies et je remarque que nos amis se sont assis calmement à une table et qu'ils discutent joyeusement. Amy nous fait de grands signes pour qu'on les rejoigne.

— Tu bois quoi ? lui demandé-je gentiment.

— La même chose que toi.

Elle ne sait pas ce que je vais me commander mais prend malgré tout le risque. Si ça me surprend, cela ne me gêne pas outre mesure. Pendant que je me tourne vers le bar, elle m'indique qu'elle rejoint la joyeuse tablée. Je suis peut-être stupide, mais je la suis du regard jusqu'à ce que je sois bien certain qu'elle ne me faussera pas compagnie. La nuit ne fait que commencer, après tout. Je prends nos verres une fois que la serveuse a terminé et je constate avec un certain soulagement que Hailey n'en a pas profité pour filer. Je me joins à mes amis, qui sont très occupés à la questionner. Contre toute attente, elle semble s'être détendue et rit volontiers à leurs boutades. Bon, au moins, elle n'a plus l'air de vouloir se barrer, c'est un bon début. Je lui pose son verre devant elle et m'installe en face. Elle s'est glissée entre son amie et Colton. Je ne le dis pas, mais je sais qu'elle l'a fait exprès pour ne pas avoir à converser avec moi. Ce n'est pas grave, un regard peut dire bien plus qu'une parole et je compte bien le lui prouver.

Kole discute avec Amy, qui sirote son verre en me lançant un regard aguicheur. Et si je tenais là le moyen de faire réagir Hailey ? Je décide de tenter. De toute manière, ça ne peut pas être pire, non ?! J'adresse un clin d'œil à son amie et lui souris. Nous allons commencer en douceur, je ne voudrais pas que mon manège soit trop vite mis à découvert.

— Comment se fait-il qu'on ne vous ait jamais vus ici avant ? me demande Amy, interrompant brusquement sa conversation avec Kole.

— Je pourrais te renvoyer l'ascenseur, réponds-je. Vous venez souvent ?

Elle cligne plusieurs fois des yeux. C'est presque pathétique à quel point elle n'est pas discrète. Je ne la trouve pas très sympa de papillonner avec le gars qui a invité son amie à boire un verre. Je remarque que Hailey n'est plus du tout à son affaire et que, tout en écoutant Colton d'une oreille, elle jette des œillades dans ma direction. Elle fronce les sourcils. Elle a beau tenter de cacher son désarroi, ça n'a pas l'air de lui plaire que je discute avec sa copine. Je pourrais même entendre les rouages de son cerveau se mettre en place. Je hausse discrètement les épaules, après tout, c'est elle qui est allée se coincer entre nos deux amis pour m'éviter.

Moi qui ne voulais pas sortir, finalement, j'ai bien fait. La soirée est plutôt divertissante. Entre Hailey qui n'a pas l'air d'aimer que je la laisse sur le carreau – jalousie ? – et Amy qui est vraiment une nana marrante, je ne vois pas le temps passer. Si bien que, lorsque les lumières viennent nous éblouir, nous sommes tous surpris.

— Amy, donne-moi tes clés, lance Hailey.

La miss semble pressée de rentrer chez elle tout à coup.

— Hailey O'Brien, je ne monterai pas en voiture avec toi au volant. Tu as trop bu.

Je pouffe de rire, car Amy est la personne la plus saoule de notre joyeuse bande, bien que Kole et Colton la suivent de près. En tout cas, elle est assez ivre pour que Hailey n'ai aucun mal à lui chiper les clés qu'elle tenait dans sa main. Je leur proposerais bien de les ramener, mais je ne suis pas certain qu'elles me fassent assez confiance pour cela.

— Allez, on y va ! lance Hailey en tenant son amie par le bras afin qu'elle ne chute pas. J'ai assez dessoulé pour conduire sur deux pâtés de maisons. À un de ces quatre, nous dit-elle avec un petit regard désolé.

Je les vois arriver près d'une voiture, Hailey déverrouille la porte et y fait entrer sa copine avant de se mettre au volant et de partir dans la direction opposée à la mienne. Au revoir, Hailey… Que dis-je ! À tout bientôt, j'en suis certain.

CHAPITRE 4
Hailey

*N*ote pour plus tard : ne plus jamais laisser Amy m'entraîner dans ses soirées. Certes, je me suis en partie bien amusée, si on excepte que je me suis fait humilier, que le mec qui semblait s'intéresser à moi a fini par draguer ma meilleure amie, et que malgré les cinq shampoings que je viens de faire, ces foutues mèches refusent de partir.

Comme nous sommes dimanche, je sais déjà qu'il est inutile de tenter de trouver un coiffeur ouvert pour camoufler cette connerie. Putain, je le sais d'avance, mon patron va me tuer quand je vais arriver au boulot avec cette tête-là ! Je dois absolument trouver une parade, n'importe quoi. Me faire porter pâle un lundi n'est pas envisageable, surtout que si je n'arrive pas à rattraper cette bourde, il ne croira jamais que j'étais potentiellement malade. Même le marteau-piqueur qui résonne en permanence dans ma tête depuis mon réveil sait que d'ici demain, je dois absolument être présentable.

Je suis encore en train de chercher une solution qui n'existe pas quand mon téléphone sonne. Un coup d'œil à l'écran et je décroche :

— Je vais te tuer ! Tu m'avais dit que ça partirait avec un simple shampoing... J'en ai fait cinq, tu m'entends ? Cinq putains de shampoings et ces foutues mèches trônent encore fièrement sur le haut de mon crâne !

— Tu fais trop de bruit, couine mon amie de l'autre côté de l'appareil.

Je l'imagine bien, allongée dans son lit, les yeux fermés pour ne pas affronter la lumière du jour, le téléphone posé assez près de son oreille pour m'entendre, mais pas assez pour lui exploser ce qui lui reste de cerveau après l'état lamentable dans lequel elle s'est mise hier.

— Amy, reprends-je plus calmement, je ne peux pas arriver comme ça au travail demain. C'est impossible ! Mon patron va me virer.

— Tu pourrais appeler Ash, me suggère-t-elle.

Ash ? Qu'est-ce qu'il vient faire là-dedans ? Comme je reste silencieusement dubitative, elle finit par soupirer avant d'ajouter :

— Tu as écouté les conversations, hier, au moins, au lieu de baver sur lui ? Il est coiffeur, il pourrait sûrement t'arranger ça en moins de deux.

— Je n'ai pas son numéro, et je n'ai de toute façon aucune envie de le revoir.

— Je peux te le donner, si tu veux, marmonne-t-elle.

— Tu as son numéro ? Comment... Non, en fait, je ne veux même pas le savoir. Je me débrouillerai. Je dois te laisser. À bientôt.

Et sans un mot de plus, je raccroche.

Voilà, Amy vient officiellement de me pourrir la fin de mon week-end. J'aurais dû me douter que je ne faisais pas le poids face à elle et qu'une fois son dévolu jeté sur Ashton, je n'aurais plus aucune chance.

Bon, en même temps, je ne lui ai guère laissé l'occasion de m'approcher non plus, mais j'étais légèrement ivre, et j'avais un peu trop de mal à croire qu'un mec comme lui s'intéresse à une fille comme moi. D'ailleurs, la suite de la soirée semble m'avoir donné raison. Malheureusement.

Je passe le reste de mon dimanche à naviguer sur le net à la recherche d'une solution miracle pour faire disparaître les mèches. Pas de chance pour moi, quand arrive le lundi matin, si mon mal de crâne a disparu, les mèches, elles, sont toujours là.

Habillée d'un tailleur pantalon, les cheveux exceptionnellement attachés en un chignon strict camouflant au maximum les dégâts, j'arrive plus tôt au travail pour ne pas croiser mon patron.

Il est onze heures vingt lorsque Nelly, du service comptabilité, passe la porte de mon bureau :

— Le chef veut te voir dans dix minutes.

Même pas le temps de lever le nez de mon écran pour lui répondre qu'elle est déjà partie.

Retirant mon casque, je sauvegarde le dernier document que j'étais en train de retranscrire et file m'arranger un peu aux toilettes avant d'aller toquer à la porte de mon patron.

Lorsque j'entre, je dois faire face à son regard sévère. Le voir froncer un peu plus les sourcils en direction de ma chevelure et je sais déjà pourquoi j'ai été convoquée. Visiblement, me cacher dans mon bureau n'aura pas suffi à me sauver. D'un geste, il m'invite à m'asseoir sur le fauteuil face à son bureau et me fixe, semblant réfléchir à la façon de me parler.

— Hailey, savez-vous pourquoi je vous convoque ?

Question piège. Je peux dire oui et m'excuser. Je peux dire non et l'écouter me passer un savon.

— Je n'en suis pas certaine, lui réponds-je pour faire dans la demi-mesure.

Il inspire un grand coup, comme pour se retenir de me hurler dessus, avant de finir par m'annoncer :

— Hailey, comme je vous l'ai dit lors de votre entretien d'embauche, ici, l'apparence est primordiale. Tenue correcte, coiffure également, langage respectueux. C'est le minimum que j'attends de mes employés en plus d'un travail sérieux à la hauteur de la rémunération que je leur donne.

— Oui, monsieur, marmonné-je.

— Bien que cela soit en partie dissimulé par la coiffure plus stricte qu'à l'ordinaire que vous arborez aujourd'hui, je ne peux sciemment laisser passer la couleur actuelle de vos cheveux.

— Je suis désolée, monsieur.

Je décide alors de me défendre.

— Cela était censé partir au premier shampoing, mais ça n'a pas été le cas et malheureusement, je n'ai pas trouvé un seul coiffeur ouvert hier pour rattraper cela. J'ai rendez-vous ce soir après le travail pour retrouver une couleur naturelle.

Seul le silence accueille mes explications. Vais-je être virée pour avoir eu des mèches roses et violettes ? Et où vais-je trouver un coiffeur décent qui acceptera de me retirer cette horreur ?

— Très bien, finit-il par dire. Rentrez chez vous pour aujourd'hui. Je ne peux pas vous laisser travailler comme cela, j'ai un gros client qui doit venir et il ne peut pas vous voir dans cet état. Vous rattraperez vos heures sur les prochains jours.

— Oui, monsieur, lui réponds-je avant de me diriger vers la sortie.

J'ai à peine passé le seuil de mon bureau que j'envoie un SMS à Amy :

> **Hailey**
> Tu es responsable, trouve une solution. Mes mèches doivent avoir disparu d'ici demain si je veux garder mon boulot.

J'enfile mon manteau et quitte l'immeuble, un peu déprimée de m'être fait renvoyer chez moi. J'arrive au niveau de l'arrêt de bus lorsque mon téléphone vibre dans ma poche.

> **Amy**
> 16 h 30, Salon Hair'Styles,
> tu es attendue.

Bien, cela me laisse largement le temps de rentrer chez moi me changer et de retraverser ensuite la ville.

À seize heures trente, je suis devant le salon indiqué par Amy. Il ne paie pas de mine depuis l'extérieur, le nom du salon est assez original, et le coiffeur que l'on voit depuis le trottoir feraient baver n'importe quelle femme. Mais où donc Amy a-t-elle été pêcher cette adresse ?

Prenant mon courage à deux mains, je finis par passer le seuil avant de m'arrêter de stupeur. Est-il trop tard pour changer d'avis ?

CHAPITRE 5

ASHTON

Je suis encore surpris de l'appel d'Amy concernant les cheveux de Hailey. Il est vrai que l'autre soir, j'ai subtilement glissé dans la conversation que j'étais coiffeur. Évidemment, cela avait surtout pour but de faire comprendre à Miss Boursouflet que je pouvais réparer sa coloration, si elle n'arrivait pas à s'en débarrasser. Bien que nous ayons du travail par-dessus la tête, j'ai réussi à caler un rendez-vous pour seize heures trente. La cliente qui devait venir à cette heure-là a eu un « empêchement ». C'est déjà la troisième fois qu'elle décale son rendez-vous.

Seize heures trente, la petite cloche de la porte d'entrée retentit. Je vais donc accueillir ma nouvelle cliente, qui a un moment d'arrêt, comme si elle n'était pas au courant que c'est moi qui vais arranger sa tête.

— Hey, Hailey ! Alors, paraît que tes mèches roses et violettes ne te conviennent plus ? Mon petit Boursouflet en a déjà assez ?

Elle fronce les sourcils avant de m'adresser un regard glacial. Je sens qu'on va s'éclater, aujourd'hui !

— Je vais tuer Amy ! dit-elle en faisant un pas en arrière.

Lorsque son corps se tourne vers la porte du salon, je sais que je dois très vite intervenir pour ne pas la voir partir.

— Paraît que si tu n'arranges pas les choses, tu te feras virer. Alors, à moins que tu saches où trouver un rendez-vous d'ici la fin de la journée dans un autre salon, tu ferais mieux de venir poser tes fesses par ici, ma belle.

Elle croise les bras et je jette un coup d'œil amusé à Marc, l'un de mes employés.

— Allez, Boursouflet, du nerf !

— Ne m'appelle pas Boursouflet !, marmonne-t-elle.

Je ricane, je viens de trouver un nouveau moyen de la rendre chèvre.

— Très bien, bouge tes fesses.

Elle se renfrogne et je la trouverais presque mignonne, en ce moment. Je lui tire une chaise où elle se laisse lourdement tomber.

— Tu fais la tête ? demandé-je, sourire en coin.

— La ferme, Ash ! Arrange-moi ça en silence.

Je ricane à nouveau : c'est qu'elle aurait un sale caractère, la demoiselle ! Je vais chercher le peignoir pour les colorations ainsi qu'une serviette foncée. Je prends une pince et remonte ses cheveux afin de me faciliter la tâche. Une fois le tout installé, je vais chercher la palette de nos colorations et lui demande de choisir ce qu'elle préfère. Elle me demande de lui faire ce qui se rapproche le plus de sa couleur naturelle, le châtain. Je referme la palette et lui suggère quelques reflets, rien de bien voyant, mais de quoi donner une certaine luminosité à sa chevelure. Elle accepte après un moment d'hésitation. Je vais préparer la couleur, attrape une paire de gants et pose le bol ainsi que le pinceau sur un chariot. Après avoir tout apporté à sa hauteur, je prends un tabouret et m'installe. Je sépare ses cheveux et les maintiens avec des pinces.

— Je jure de te tuer si tu oses me teindre les cheveux en bleu !

La perche est tellement longue que je suis obligé de la taquiner à nouveau.

— Je pourrais alors t'appeler Schtroumpfette, au lieu de Boursouflet.

Elle soupire lourdement, ce qui m'arrache un rictus moqueur. Je sens que cette fin de journée va être épique ! Tout au long de l'application de la couleur, j'essaye bien d'entamer la conversation, mais elle se contente de répondre par monosyllabes. Le type de clientèle qui n'est pas du tout agréable à avoir. Bon, il faut dire que cela change des mamies qui nous racontent leur semaine dans tous les détails, même ceux que nous ne voulons pas connaître.

— Maintenant, on va laisser poser pendant un petit moment. Est-ce que tu veux de la lecture, quelque chose à boire ?

Elle secoue la tête, puis se ravise :

— Un mojito ?

Je souris et lui propose un café ou un verre d'eau. Elle balaie ma proposition de la main.

— Ne propose pas à boire si tu n'as pas ce que je demande.

— J'aurais vraiment dû te faire les cheveux bleus ! Ça t'arrive d'être gentille ?

Elle me toise dans la glace. Notre duel dure quelques instants, juste avant qu'elle ne m'assène une réplique que j'ai bien méritée :

— Oui, mais seulement avec les personnes qui ne m'utilisent pas pour se venger de leur ex.

— D'accord. Un partout, balle au centre. Accepterais-tu de venir boire un café avec moi pour que je puisse me faire pardonner ?

Elle plisse les yeux.

— Ça dépendra du résultat, dit-elle en montrant ses cheveux.

Elle ne pourra qu'être contente, car les mèches un peu plus claires vont mettre son visage en valeur. Hailey sera encore plus sublime qu'elle ne l'était avec ses cheveux rose-violet.

J'aimerais pouvoir parler avec elle, mais la cliente suivante arrive. Je lui adresse un clin d'œil avant d'aller m'occuper de la nouvelle venue.

— Ashton ! Je suis contente de te revoir. Comment vas-tu, cette semaine ?

— Bonjour, Marianne. Ça va comme un lundi. On fait comme d'habitude ?

— Évidemment.

Je l'invite à me suivre au bac pour que je puisse lui laver les cheveux avant de lui faire son brushing.

— Alors, mon petit, toujours pas de femme à tes côtés ?

— Vous savez bien que je me réserve pour vous !

Elle éclate de rire et lève sa main gauche pour me montrer son annulaire.

— Je suis déjà prise, je te le rappelle.

— Je ne suis pas jaloux.

Je jette un coup d'œil à Hailey, qui sourit face à mes échanges avec Marianne. Quand elle remarque que je l'ai prise la main dans le sac, elle plonge le nez dans son portable, feignant d'être intéressée par ce qu'elle « lit ».

— J'ai du mal à comprendre pourquoi tu ne te trouves pas une fille, Ashton. Tu es beau garçon, très poli et avenant et tu es d'une douceur lorsque tu fais des shampoings ! Si Armand pouvait me masser le cuir chevelu comme tu le fais, j'aurais un orgasme dans la foulée.

Cette fois, Hailey s'étrangle et tente de dissimuler ça derrière une quinte de toux. Quant à moi, je pars d'un grand éclat de rire. Marianne est ma bouffée d'oxygène du lundi. Elle vient toujours à dix-sept heures pour son brushing et exige que ce soit moi qui m'occupe d'elle. Si je suis en vacances une semaine, elle préfère attendre plutôt que de laisser Marc ou Colton s'occuper d'elle. Il faut aussi admettre que lorsque j'ai ouvert ce salon, il y a quatre ans, ce fut ma première cliente et elle n'a pas hésité à parler de moi autour d'elle. Elle m'a aidé à me faire une clientèle et je lui serai toujours redevable de ça.

Quarante-cinq minutes plus tard, Marianne passe en caisse et d'un signe de doigt, elle me demande de m'approcher pour qu'elle puisse me parler tout bas. Elle jette un petit regard discret en direction de Hailey.

— Tu plais à cette demoiselle, Ashton.

Je fronce les sourcils.

— Elle n'a eu de cesse de te suivre du regard pendant que sa coloration posait.

— Marianne ! Vous tenez tellement à ce que je trouve quelqu'un que vous vous imaginez trop de scénarios ! Ça me touche, mais vous savez ce qu'on dit : mieux vaut être seul que mal accompagné.

— Têtu comme une mule ! Tu verras, tu reviendras me dire que j'avais raison.

Elle tapote le bout de son nez.

— Je sais flairer ce genre de choses, jeune homme.

Ma cliente s'en va en faisant un petit signe de main à Hailey, qui replonge le nez dans son portable, prise à nouveau la main dans le sac. Je souris en coin et vais contrôler où en est sa coloration. Nos regards se croisent dans le miroir et nous restons ainsi un moment. Ses pupilles m'ensorcellent et j'ai du mal à me concentrer sur autre chose. J'aimerais pouvoir rattraper ce que j'ai fait l'autre soir. Dans l'énervement, je n'ai pas réfléchi au fait que cela pouvait la blesser. Je suis un enfoiré de première. Un raclement de gorge me ramène à la réalité et je lui demande de bien vouloir venir au bac afin de lui rincer le produit et lui laver les cheveux.

— La température te convient ?

Elle hoche la tête et je commence à rincer la coloration en silence. Je la laisse profiter de ce moment, car je sais que certaines femmes adorent qu'on leur lave les cheveux. Je mentirais si je disais que je n'aime pas faire cela. Je m'attaque ensuite au shampoing, puis à l'après-shampoing et lui masse légèrement le crâne. Elle ferme les yeux et un petit gémissement d'aise lui échappe. Je me retiens de sourire, je ne voudrais pas me trahir. Je l'invite ensuite à s'asseoir à sa place et commence à lui démêler les cheveux, qui sont maintenant doux comme la soie. Et j'en viens à l'imaginer nue dans des draps de soie, mes lèvres se promenant sur son corps et… Merde ! Ce n'est pas le moment, Ash, ressaisis-toi !

— Comment tu veux que je les sèche ?

Elle fronce les sourcils, puis sourit comme une enfant prête à dire une bêtise :

— Avec le sèche-cheveux ?!

Je ne peux m'empêcher de rire à sa requête et elle semble fière d'elle.

— OK. Un point pour toi. Lisse ou tu aimerais des boucles ?

Elle se tapote le menton pour réfléchir et me demande si ça ne me dérange pas de les boucler. J'avoue être content de son choix, les reflets seront magnifiques. Je m'attelle au travail et nous ne bavardons pas davantage. Quand je termine et qu'elle se détaille sous toutes les coutures, j'admets que je retiens ma respiration. Est-ce que ça va lui plaire ? Le sourire qui illumine son visage me rassure.

— C'est parfait ! Merci, Ashton.

— Ça veut dire que tu acceptes de venir boire un café avec moi ?

Elle sourit en se levant et nous allons vers la caisse. Elle sort son portefeuille, mais je l'arrête.

— Nan, c'est bon, offert par la maison. Mais tu diras à Amy qu'elle m'en doit une.

CHAPITRE 6
Hailey

Il est sérieux, là ? Durant quelques secondes, je ne sais absolument pas quoi lui répondre. Remercier Amy ? Alors, son attitude sympathique avec moi, ses petits regards vers moi, et finalement, tout ça pour s'attirer les bonnes grâces de la copine d'Amy. Encore une fois, je suis la bonne copine ?

Le constat est dur pour moi et je me laisse envahir par la colère. C'est bon, j'ai ma dose de ce mec !

Sortant un billet de mon portefeuille, sans même regarder le montant dont il s'agit, je le dépose sur le comptoir.

— Je suis capable de me payer une coupe de cheveux. Et pour le café, merci, mais non merci. On va s'arrêter là.

Sans plus un mot, je tourne les talons et m'éloigne de ce salon, me faisant la promesse solennelle de ne plus jamais remettre les pieds ici.

Entrant dans la bouche de métro la plus proche, j'attends d'être dans le train pour sortir mon téléphone :

Hailey
Dégâts réparés. Ashton
a dit que tu lui en devais
une.

Je n'épilogue pas plus. Pire, lorsque mon téléphone vibre pour m'annoncer l'arrivée d'un message, je clique sur « marquer comme lu » sans en avoir pris connaissance.

Une fois chez moi, je n'ai toujours pas décoléré. Mais je n'arrive pas à déterminer si c'est contre lui et Amy que je suis furieuse, ou contre moi pour avoir osé croire, un très court instant, qu'il était possible que je l'intéresse, au moins un petit peu.

Et puis, comment un homme aussi charmant et enjôleur avec une vieille dame peut-il devenir un tel connard quand il me parle ?
Allant à la salle de bains, je me regarde dans le miroir. Comment un tel artiste peut-il devenir un tel goujat dès qu'il a l'audace d'ouvrir la bouche ?

Attrapant un chouchou, j'attache négligemment mes cheveux, retirant ainsi presque toute trace de son travail. Je dois avouer qu'il a fait du bon boulot, mais ça s'arrête là.
Lorsque je reviens dans mon salon, j'ai une courte hésitation. Aller m'affaler dès maintenant dans le canapé pour noyer mon cerveau devant un bon navet à la télé ou prendre mon courage à deux mains pour me préparer mon repas de ce soir ? Je n'ai pas encore décidé lorsque le téléphone fixe sonne. Je lui jette aussitôt un regard mauvais. Je sais déjà qui appelle car une seule personne a le numéro. Quelle idée j'ai eu, le jour où j'ai emménagé, de le lui donner ? Au moins, sur mon portable, je peux mettre le silencieux ! Sachant très bien qu'il sonnera jusqu'à ce que je décroche, je file à la cuisine.

— Hello, maman. Comment vas-tu, aujourd'hui ?
— Bien, bien, comme d'habitude, répond-elle rapidement.
Aïe… Quand la conversation commence sur ce ton, c'est qu'elle téléphone dans un but très précis.
— J'ai déjeuné avec les parents de Beckett, aujourd'hui, continue-t-elle.

— Mamaaaaan, soupiré-je.

— Non, non, écoute-moi jusqu'au bout. Promis, ça va te plaire. Figure-toi que Beckett travaille pour une grosse boîte, je ne sais plus le nom exactement. En tout cas, il a dit qu'il pourrait éventuellement te faire rentrer là-bas.

— Maman, j'ai déjà un emploi.

— Oui, mais tu es si loin de nous… Là, tu pourrais revenir ici, je te verrais plus souvent. Hailey, il n'est pas normal qu'une jeune fille de ton âge soit seule dans cette grande ville.

Le téléphone toujours vissé à l'oreille, je me pince l'arête du nez entre deux doigts. Il serait assez malvenu de ma part de lui avouer que tout l'intérêt qu'a trouvé une « jeune fille de mon âge » dans ce boulot de la grande ville, c'était justement la distance que cela mettait entre nous.

— Écoute, maman, je me plais, ici. J'ai construit ma vie. J'ai un bon boulot, un appartement, des amis…

Elle ne me laisse pas terminer :

— Et aucun homme dans ta vie.

— Ce n'est pas parce que je ne t'en parle pas que je ne côtois personne.

Le silence accueille ma réponse. Et merde, dans quelle situation je viens de me mettre ?

— Oh, ma chérie… Mais pourquoi ne pas m'en avoir parlé avant ? Il faut absolument que tu nous le présentes, à ton père et moi. Quand pouvez-vous venir à la maison ?

Et voilà, le monstre est lâché…

— Bientôt, maman, c'est promis, lui mens-je. Mais pour le moment, nous avons tous les deux pas mal de boulot, alors on ne peut pas s'absenter. Mais dès qu'on pourra poser quelques jours de congés, nous viendrons vous voir.

— Dis-moi au moins comment il s'appelle.

Fais chier… Qu'est-ce que j'en sais, moi, comment il s'appelle puisqu'il n'existe pas ? Un coup frappé à la porte, suivi de la voix d'Amy déclarant qu'elle sait que je suis là me parvient de l'entrée. Du coup, allez savoir pourquoi, un nom franchit mes lèvres avant même que j'y aie réfléchi.

— Ashton, il s'appelle Ashton. Écoute, maman, Amy vient d'arriver, je dois te laisser.

— Très bien, ma chérie, je t'appelle plus tard. Je t'aime.

— Je t'aime aussi, maman, lui dis-je avant de raccrocher.

Bien, plus qu'à me débarrasser d'Amy, maintenant. Allant lui ouvrir la porte, je la laisse entrer dans l'appartement.

— Pourquoi tu ne réponds pas à mes messages ? attaque-t-elle directement.

— Plus de batterie.

Hey, c'est que je deviens bonne pour mentir, dis-donc !

— Mouais, j'vais faire comme si je te croyais.

Ou pas... Soupirant, je retourne à la cuisine.

— Tu veux boire quelque chose, lui demandé-je en ouvrant le frigo.

— Un Coca ?

Je m'empare de la bouteille et nous sers deux verres.

— Alors, tes cheveux ?

— Je te l'ai dit, il a réparé les dégâts.

— Et... ?

— Et rien d'autre !

— Parfois, tu es une nana exaspérante ! Je t'envoie tout droit dans ses bras et « rien d'autre » ?

Elle accentue sa demande en ajoutant des guillemets mimés de ses doigts sur la partie qu'elle a repris de ma répartie.

— À vrai dire, il semblait bien plus intéressé par toi, marmonné-je en buvant une gorgée de Coca pour ne pas avoir à en dire plus.

— Oh, c'est pas vrai ! jure-t-elle. Des fois, Hailey, tu m'exaspères à ne pas voir ce qui t'entoure !

— Ma vue est parfaite, merci bien, la coupé-je. Écoute, Amy, je suis fatiguée, et demain va être une dure journée vu que je vais devoir rattraper tout le retard causé par mon absence de cet après-midi.

— Dit la fille qui cherche à se débarrasser de sa meilleure amie. Bon, OK, je te laisse pour ce soir, mais je reviendrai à la charge...

Sans un mot de plus, elle s'en va. Juste avant de refermer la porte, elle crie :

— Et ne crois pas que je n'ai pas entendu le nom d'Ashton pendant que tu étais au téléphone avec ta mère !

Ouais, forcément, fallait qu'elle ait entendu !

Amy est ma meilleure amie et, en prime, elle habite l'étage en dessous de mon appartement. À notre arrivée dans cette ville, nous avions emménagé ensemble, mais au bout de quelques mois, il est devenu évident que si nous voulions rester amies, nous devions nous séparer. Impossible de vivre ensemble, nous sommes trop différentes au quotidien pour cela. Alors, nous avons trouvé ce compromis pour être proches sans être l'une sur l'autre.

Bref, quoi qu'il en soit, j'ai intérêt à profiter du répit qu'elle vient de m'accorder car je sais qu'elle va très très vite revenir à la charge.

CHAPITRE 7

Ashton

*P*utain, les femmes ! Qu'est-ce qui lui a pris de réagir de cette manière ? Je pensais que tout allait bien, moi ! Merde ! Le cerveau féminin est trop compliqué pour moi. J'ai beau rejouer la scène dans ma tête, je ne comprends pas sa réaction.

Je ne vais tout de même pas me laisser avoir de la sorte, je vaux mieux que ça ! Colton me propose d'aller boire un verre après le travail et j'avoue que j'accueille sa proposition avec une joie non dissimulée.

— Encore en train de te prendre la tête avec la fille aux cheveux roses ?

— Je ne me prends pas la tête, dis-je avec un regard noir. Et la fille aux cheveux roses a un prénom j'te rappelle. Hailey.

Il ricane, porte sa bière à ses lèvres.

— Je connais son prénom, merci. Et c'est marrant, parce que tout le monde semble penser comme moi, même Marianne.

— La ferme, ou je te vire !

Cette fois, il éclate de rire. Je suis au fond du trou, mais je creuse encore ! Je ne dirais pas que je ne pense qu'à elle depuis samedi, mais il est vrai qu'elle a envahi mes pensées et qu'à l'heure actuelle je ne m'imagine pas ne pas la revoir. Parler avec Amy et la rendre jalouse a été bien plus efficace que je ne l'aurais cru. Cette fille est une tigresse qui n'hésite pas à me rentrer dans le lard et j'admets que ça me plaît.

Le truc, c'est que je ne sais pas de quelle manière je vais m'y prendre pour que nos routes se croisent à nouveau. Il me faut de l'aide et… Mon portable vibre sur la table, m'annonçant la venue d'un SMS. C'est Amy.

> **Amy**
> T'es vraiment un gros naze, Ash !

Pour sûr, Hailey lui a tout raconté et je viens d'enterrer mes chances de la revoir. Putain de merde !

— T'es entiché.

— Ferme-la !

Je compose le numéro d'Amy, qui répond rapidement.

— T'as plutôt intérêt à avoir une bonne excuse.

— J'ai pas réfléchi, je ne comprends même pas ce qui lui a pris. Elle ne serait pas un peu lunatique, ta copine ?

— OK, donne-moi une meilleure excuse pour ce que t'as dit à ma meilleure amie ou je raccroche et tu pourras ramer tout seul pour réparer ta merde.

— Écoute, Amy, je lui ai simplement dit que tu m'en devais une.

Je l'entends jurer.

— Mais quel imbécile ! Maintenant, Hailey est persuadée que tu l'utilises pour me draguer…

— Non, mais les femmes ! Vous avez combien de cerveaux qui fonctionnent en même temps pour avoir de telles pensées vicieuses ? Putain ! On doit constamment faire attention à ce qu'on dit, avec vous. Vous êtes fatigantes !

— Voilà ce qu'on va faire, dit-elle sans relever ma remarque désobligeante, je t'envoie un SMS et tu suis les instructions.

— Pardon ?!
— Discute pas. Je t'envoie un SMS.

Elle raccroche et je plisse les yeux. Colton n'a évidemment rien manqué de cette conversation.

— Au risque de me répéter, tu es…
— Dans la merde, l'interromps-je.

> **Amy**
> Hailey O'Brien Tu l'ajoutes sur Messenger, Facebook, tout ce que tu veux et tu rattrapes le coup.

Je me mets à rire sous cape. Pour sûr, Amy va en recevoir plein la tronche par sa copine si je la contacte.

> **Hailey**
> Merci, mais je ne sais pas si c'est une bonne idée.

> **Amy**
> T'as pas le choix, en fait. C'est une excellente idée. Je ne devrais pas te le dire, mais… J'ai surpris une conversation entre elle et sa mère et Hailey a cité ton prénom.

Hein ?! C'est quoi ce cirque ? Qu'est-ce qu'elle lui a dit ? Je demande à Amy plus de détails, mais elle me répond qu'elle n'en sait pas plus et qu'il faudra que je mène ma petite enquête comme un grand.

Je décide de faire ça une fois à la maison. Pour le moment, je vais profiter d'une soirée avec mon pote. Parce que ça ne le fait pas d'être au portable quand t'es avec quelqu'un. Je n'apprécie pas qu'on me le fasse.

— Tu lui as fait quoi à cette nana ?
— Samedi soir, en boîte, commencé-je par m'expliquer, j'ai croisé Emma et j'ai utilisé Hailey pour la faire enrager.

— Mauvaise idée.

— Je ne te le fais pas dire ! Mais je n'ai pas réfléchi, sur le moment !

— Mec, faut pas déconner avec ça ! Et après ?

Je bois une gorgée de ma bière.

— J'ai rattrapé le coup et j'ai à nouveau merdé. Ce soir, avant qu'elle parte, je lui ai dit que c'est la maison qui offrait et qu'elle devait transmettre à Amy qu'elle m'en devait une.

— Laisse-moi deviner. Manque cruellement de confiance en son sex-appeal et est persuadée que tu l'utilises pour te faire sa meilleure amie ?

— Bingo !

— Les femmes, putain !

Il me demande ce que je compte faire. En temps normal, je m'en foutrais pas mal qu'elle réagisse comme ça, je passerais à autre chose, mais là... Je ne vais pas la laisser s'en tirer de la sorte. Surtout qu'elle a parlé de moi à sa mère !

Je suis rentré il y a dix minutes. Je file prendre une douche avant de me vautrer sur mon canapé pour regarder la télévision. Demain, nous avons une journée de dingue au salon. C'est la période de la remise des diplômes et toutes les étudiantes veulent se faire belles. Nous avons pas mal de rendez-vous, je ferais mieux d'aller me coucher.

Je prends mon portable et me connecte à mon compte Facebook. Je décide de tenter le coup et tape Hailey O'Brien. Sa photo de profil s'affiche. Elle est radieuse ! Un sourire à couper le souffle et une mèche de cheveux qui lui passe devant les yeux. On pourrait croire que cette photo a été prise alors qu'elle était en plein fou rire. Je clique sur ajouter, on verra bien si elle accepte de me parler ou non.

Je ne vais pas attendre sa réponse toute la nuit, elle dort certainement déjà, alors je vais m'allonger dans mon lit. Mon portable vibre, j'ai une notification Messenger. Déjà ?!

Lycia
Mon grand frère de retour sur Messenger ?! Y aurait-il une fille là-dessous ?

J'éclate de rire. Lycia, ma petite sœur de dix-huit ans, surveille mes faits et gestes et sait à la minute où je me connecte, car elle est constamment sur ce putain de réseau social.

Ashton
Va te coucher, Lycia, il est bientôt minuit.

Lycia
Sinon, quoi ? Tu vas venir me mettre toi-même au lit ? Remarque, au moins, on te verrait. Ça fait combien de temps que tu n'es pas revenu à la maison ?

Je ne veux pas avoir cette discussion par écrit, alors je compose son numéro.
— Lycia, sérieusement !
— Tu manques à maman.
— Je suis désolé, je ne peux pas blairer son mec. Est-ce qu'il vous traite bien ?
Elle ne répond rien, semble ennuyée.
— Lycia ! Qu'est-ce que tu ne me dis pas ?
— Je ne l'aime pas beaucoup, Ash…
— Est-ce qu'il t'a fait du mal ?
— Non… Non, c'est… Laisse tomber, je suis fatiguée, je vais me coucher.
— Lycia !
Trop tard, elle vient de me raccrocher au nez. Putain ! Si ce fumier a osé toucher à ma sœur, je lui démonte la gueule ! Je fulmine intérieurement, écris un SMS à Lycia pour qu'elle me rappelle, mais elle me répond qu'elle va suivre mon conseil et s'endormir.

CHAPITRE 8
Hailey

Contrairement à mes craintes, Amy n'est pas revenue à la charge hier soir. À mon grand soulagement.
Malgré tout, mon sommeil a largement été perturbé par un certain coiffeur. Du coup, dès le réveil, me voilà déjà de mauvaise humeur. Tous les cafés du monde n'y pourront rien et mon arrivée au bureau confirme qu'aujourd'hui est officiellement une journée de merde.
Ma table de travail croule sous des dossiers déposés là durant mon absence de la veille. Aucune note dessus, à moi de deviner ce qu'il faut en faire. Autant dire que cela va être une véritable perte de temps pour moi alors que je dois absolument bosser double pour ne pas cumuler de retard à cause de ces foutues mèches roses et violettes. Et tout ça sans parler de la petite pile de cassettes posée bien sagement au bas de mon écran et que je vais devoir retranscrire.
Enlevant mon manteau, je m'écroule sur ma chaise avec un regard découragé face à cette avalanche de travail qui m'attend. Comme l'auto-apitoiement ne servira à rien à part me faire perdre un temps précieux, je me relève, file à la salle de

pause pour récupérer un gros mug de café et vais m'enfermer dans mon bureau. Je savoure les premières gorgées pendant que mon ordinateur s'allume. Le goût amer m'apporte un tel réconfort que j'en ferme les yeux de plaisir pour apprécier cette sensation au maximum.

Malheureusement, bien trop vite, je dois me plonger dans le travail. En premier lieu, terminer toutes les cassettes. Je sais qu'aujourd'hui, la majorité du service est en rendez-vous à l'extérieur pour la matinée, c'est le moment ou jamais de profiter du calme ambiant pour avancer rapidement.

Comme toujours, ma vitesse de frappe me sauve la vie. Concentrée au maximum, ne buvant que quelques gorgées de café entre deux sauvegardes et supprimant ma pause déjeuner, j'arrive au bout de la dernière cassette en tout début d'après-midi. Il me reste les dossiers, que je vais devoir ouvrir un à un pour les lire en diagonale afin de savoir ce que je dois en faire. Mais avant tout, j'ai besoin d'une seconde dose de caféine. Mon estomac gargouille, mais je n'ai pas le temps pour aller me chercher quelque chose à manger. Cela devra attendre ce soir.

Armée de ma tasse pleine, je m'attaque à l'immense tour de Pise en papier que j'ai tenté d'ignorer toute la matinée. Il est assez simple de savoir quoi faire des dossiers du dessus de la pile. La collaboratrice qui les a posés là écrit superbement bien, est très succincte dans sa prise de note, et rapidement, je sais si c'est à classer définitivement, si ce sont des dossiers « en cours » qui nécessitent un travail de recherche de ma part ou si je dois simplement les ranger dans l'attente du prochain rendez-vous client. Ma pile unique se transforme bien vite en trois bien distinctes. J'ai par contre un peu plus de mal avec les dossiers du second collaborateur pour lequel je travaille. Lui, son écriture est pire que celle d'un médecin. Certaines lignes d'écriture ressemblent plus à des traits qu'à des lettres. Il me faut beaucoup plus de temps pour réussir à déchiffrer et organiser tout ça.

C'est bientôt armée d'une pile à classer que je file aux archives avant de faire la même chose avec la pile à ranger dans le bureau des « en cours ». Il me reste une heure avant de pouvoir partir et seulement quatre dossiers restent sur mon bureau. Et miracle des miracles, personne n'est venu me déposer du travail supplémentaire durant la journée. Je ne me fais aucune illusion, je sais parfaitement que ce sera pour demain, mais ce vide sur mon bureau, après la pagaille trouvée à mon arrivée, me donne un regain d'espoir sur le fait de mieux terminer la journée qu'elle n'a commencé.

J'occupe ma dernière heure en débutant le travail de recherche qu'il reste à faire, appose des annotations pour demain. Bref, je suis plongée jusqu'au cou dans un dossier lorsque mon téléphone vibre.

Un SMS d'Amy. C'est marrant, je m'attendais à ce qu'elle réapparaisse dans le paysage beaucoup plus tôt !

Amy
Je t'attends en bas.

C'est court, cela va droit au but, et surtout, cela ne me laisse aucune autre alternative que de prendre mes affaires et de partir du bureau. Si hier soir, elle m'a laissé l'opportunité d'esquiver son interrogatoire, nul doute que ce soir, je n'y échapperai pas.

Il me faut malgré tout une vingtaine de minutes pour ranger mon espace de travail, prendre mes affaires et rejoindre le rez-de-chaussée de l'immeuble. Lorsque j'arrive à l'accueil principal, Amy est en pleine conversation avec Sean. Il est arrivé dans la boîte il y a maintenant trois mois. Il navigue entre l'accueil, le service du courrier et les archives. Proche de la trentaine, son regard vert contrastant avec sa peau mate fait toujours craquer les filles. Le saluant rapidement, j'attrape le bras d'Amy pour l'entraîner vers l'extérieur.

— Qu'est-ce qu'on a dit, déjà, concernant le fait de draguer sur le lieu de travail des copines ?

— Oh, allez, il est mignon ! Et on ne faisait rien de mal. Si tu avais été plus rapide...

— Si tu avais prévenu ! répliqué-je.

— Si je t'avais prévenue, tu aurais trouvé une excuse pour m'éviter.

— Comme s'il était possible de t'éviter, marmonné-je dans ma barbe.

Par chance, elle s'arrête là et l'aubaine de dévier la conversation est trop tentante. Je la lance sur sa journée de travail, sur ce qu'elle a fait hier après être partie de chez moi. Amy travaille dans l'événementiel. Elle côtoie des fêtards quasiment en permanence et malgré tout, son temps libre, elle le passe encore à profiter de la vie. Certains diraient que cela aurait dû nous mettre sur la voie quant à notre incompatibilité pour vivre ensemble. Parfois, elle arrive à me convaincre de la suivre, de faire des folies avec elle. Et parfois, c'est elle qui s'adapte à ma petite vie rangée. Comme cela va être le cas ce soir. Quand Amy vient me chercher au bureau, nous finissons invariablement dans le même restaurant afin de pouvoir parler au calme devant un bon repas. Je prends toujours plaisir à écouter Amy me raconter sa vie, ses rencontres, ses amours, parfois ses aventures d'une unique nuit. J'ai toujours admiré sa capacité à avoir confiance en elle et à ne jamais se préoccuper de comment pourraient la regarder les autres, à toujours faire ses choix pour elle et elle seule. Nous attendons le dessert lorsqu'elle attaque enfin le sujet « Ashton ».

— Au fait, plutôt réussie, cette nouvelle coupe, glisse-t-elle, l'air de rien, comme si nous parlions d'un sujet finalement banal.

— On ne peut nier qu'il est bon coiffeur, effectivement, lui réponds-je tandis que le serveur dépose devant moi un tartare de fraise à la pistache. Mais ça s'arrête là.

— Vraiment ? Rien d'autre à ajouter ? Comme son joli petit cul, ses abdos bien visibles sous ses tee-shirts moulants, ou encore son regard bleu si limpide qu'on croirait qu'il peut voir tout ce que l'on cache au fond de notre âme...

— Pourquoi y ferais-je attention quand toi, tu sembles tellement au fait des détails et que réciproquement, c'est visiblement à toi qu'il s'intéresse ?

Je la regarde déguster une cuillerée de sa glace à la vanille. Elle semble réfléchir à ce qu'elle va dire ensuite et j'ai presque peur de ce qui va sortir de sa bouche.

— Si je l'intéressais tant que ça, il passerait sûrement moins de temps à me parler de toi.

À ces mots, je sais que je rougis. La chaleur qui envahit mon visage est pour le coup très révélatrice. Et c'est encore pire lorsqu'elle ajoute :

— Il m'a tellement fait pitié que j'ai fini par lui donner les indices nécessaires pour retrouver ton profil Facebook.

La cuillère que je m'apprêtais à déguster retombe lourdement dans mon assiette, aspergeant la table de son contenu.

— Tu as fait quoi ?

J'hésite entre la tuer et… la tuer… En fait, il n'y a aucune hésitation à avoir.

— Putain, Amy ! Qui t'a permis de faire ça ?

— Oh, c'est bon, calme-toi un peu ! De toute façon, j'ai son pote Kole dans mes amis Facebook. De fil en aiguille, tu aurais forcément fini au minimum dans ses suggestions d'amis…

— C'est bon, j'en ai assez entendu. Je rentre.

Je me lève de la table et file au bar du restaurant pour régler la note. Sans attendre mon amie, je sors et hèle un taxi. Amy me rattrape au moment où je m'apprête à refermer la portière.

— Arrête de faire la gueule. Tu sais que j'ai raison. Et en plus, ce serait plus simple pour toi de présenter Ashton à ta mère si tu sortais réellement avec lui, non ?

Mon regard reste fixé vers l'extérieur. Je bous intérieurement, et je me connais, si je réagis, je finirai par dire des choses que je ne pense pas. Alors, oui, je fais la gueule, en quelque sorte. C'est mieux que surréagir.

Quand le taxi nous dépose devant notre immeuble, j'en sors en laissant Amy derrière moi régler la note.

Montant à toute vitesse jusqu'à mon appartement, je claque la porte et donne un coup de clé pour m'assurer qu'Amy ne me rejoindra pas. Passant par le salon pour récupérer mon ordinateur portable, je file ensuite dans ma chambre. Puis, l'hésitation s'empare de moi. Dois-je allumer mon ordinateur et aller consulter mon profil Facebook ? Ou dois-je me contenter de faire comme si je n'étais pas au courant et aller me coucher ? En même temps, je sais que si je ne vais pas regarder, je ne réussirai pas à trouver le sommeil. Et j'ai besoin de repos, une tonne de recherches m'attend demain. Je dois dormir.

Dans un mouvement rapide, j'ouvre mon ordinateur et lance le démarrage. J'ai encore un court instant d'hésitation avant de cliquer sur l'icône internet.

Je n'avais pas pris conscience que je retenais mon souffle, jusqu'au moment où Facebook démarre et qu'une demande d'ami en attente s'affiche en haut de l'écran.

Ashton Mason.

Je clique sur sa photo pour afficher son profil. Ce dernier est plutôt bien verrouillé. En dehors de la photo, de son nom, il n'y a pas grand-chose à voir. Dommage.

La demande est là et me nargue. Accepter ? Refuser ?

Je choisis la troisième option. Je lui envoie un message privé :

Hailey
On est amis, maintenant ?

CHAPITRE 9

ASHTON

Ma journée est un enfer. Comme je l'avais prévu, c'est la cohue au boulot. Nous avons une dizaine de rendez-vous pour des colorations, une autre dizaine pour des coupes et en fin d'après-midi, j'ai encore réussi à caser une cliente pour une permanente. Autant dire qu'on ne va pas voir le temps passer.

Il est huit heures lorsque Colton ouvre le salon. Cinq minutes plus tard, la première cliente fait son apparition. C'est une future jeune diplômée qui semble intimidée. Il ne me semble pas que ce soit une habituée.

— Bonjour, bienvenue, l'accueille mon employé.

— Bonjour, j'ai rendez-vous à huit heures pour une coloration.

— Mademoiselle Sanders ?

Elle sourit timidement à Colton et quand je sors de ma cachette, elle vire au cramoisi. Si ça se trouve, elle a entendu parler du salon par d'autres filles. Sans vouloir me vanter, nous sommes habitués à ce genre de réaction. Je ne peux compter combien de nouvelles clientes nous avons eu juste parce que nous avons une belle gueule. C'est simple, notre carnet de rendez-vous est plein sur un mois et je doute que ce soit uniquement pour notre talent, même si cela joue forcément aussi.

Marianne me dit toujours que je n'aurais qu'à tendre la main pour me trouver une nana. Elle n'a peut-être pas tort, mais je ne mélange jamais travail et plaisir.

La matinée défile rapidement, si bien que je n'ai pas eu le temps de penser à autre chose qu'à faire plaisir à mes clientes. Des mèches blondes dans du brun, une coupe « carré plongeant », une coloration acajou, un brushing par-ci, un autre par-là. Bref, du boulot à n'en plus voir le bout, mais c'est ce que j'aime. J'ai horreur de me tourner les pouces !

En fin de journée, je suis lessivé, je ne rêve que de mon plumard et de rien d'autre. Je refuse poliment l'invitation de Colton à aller boire un verre et nous fermons boutique.

Une fois à la maison, je dépose mes clés à l'entrée, vais ouvrir mon frigo, sors la bouteille de jus de fruit et m'en verse un verre en bâillant. Avant toute chose, il me faut une bonne douche, ensuite, je m'étalerai de tout mon long dans mon canapé et n'autoriserai personne à venir me casser les couilles. Je couperai mon téléphone, ça me fera le plus grand bien.

En sortant de la salle de bains, j'applique mon programme à la lettre. Je m'allonge sur le dos et regarde le plafond. Quand je me tourne sur le côté et que j'aperçois mon ordinateur portable sur la table basse, je me souviens de l'invitation faite sur Facebook à Hailey hier. Je me relève et, la curiosité étant la plus forte, je me connecte. Je fais le tour de mes notifications lorsque Messenger m'indique que j'ai un nouveau message. Je l'ouvre et découvre un mot de Hailey.

Hailey
On est amis, maintenant ?

Elle est connectée, je lui réponds de ce pas.

Ashton
On le sera si tu acceptes
mon invitation.

Hailey
Ton invitation à quoi ?!

Elle se fout de moi... Comme si j'allais croire qu'elle n'a pas vu la demande d'ami que je lui ai envoyée... Son message privé est la preuve qu'elle l'a vu..
.

Ashton
À une nuit de folie
dont tu te souviendras
longtemps, ma chère...

Les trois petits points indiquant qu'elle écrit une réponse s'affichent, disparaissent... La réponse se fait attendre. Super ! Qu'est-ce que j'ai dit encore à Miss Boursouflet Lunatique ?
Il me faut attendre presque dix minutes avant qu'apparaisse enfin une réponse.

Hailey
Écoute, je ne sais pas
comment réagir avec toi.
Qu'est-ce que tu attends
de moi ?

Bon, bah au moins, c'est direct. Sauf que clairement, je suis incapable de lui dire ce que j'attends d'elle, je ne le sais pas moi-même.

Ashton
Je ne sais pas. Qu'est-
ce que tu penses que je
puisse attendre de toi ?
Une partie de jambes
en l'air ? Un trio avec ta
copine ? Le mariage ? Je
ne sais quoi te répondre.
Quelle réponse te ferait
plaisir ?

Merde, ce n'était peut-être pas la réponse à écrire. Je sens venir gros comme une maison l'appel de sa copine pour m'engueuler... Encore...

Dépité, je referme le capot de mon PC sans même attendre sa réponse. Cette nana me vrille le cerveau. Je devrais clairement l'oublier, mais allez savoir pourquoi, j'en suis totalement incapable, elle s'est incrustée dans mes pensées. Je n'arrive tout simplement pas à faire une croix sur elle.

J'allume à nouveau mon portable pour envoyer un SMS à sa copine, dans l'espoir d'avoir un conseil pour réparer une fois de plus ma bourde et découvre que ma sœur a tenté de me joindre cinq fois. Je compose son numéro, elle répond rapidement.

— Ash ! Il faut que tu viennes !

Elle semble paniquée.

— Qu'est-ce qu'il y a ?

— C'est Ron, il a pété les plombs !

Ron, c'est l'abruti que ma mère a rencontré il y a six mois. Il vit quasiment à la maison et c'est la raison pour laquelle je n'y retourne plus.

— Raconte-moi.

— Il...

— LYCIA ! hurle ce dernier.

Oh putain !

— Enferme-toi, reste où tu es, j'arrive !

— Mais maman... Elle... Elle est avec lui et il... Mon Dieu, Ashton, fais vite, je t'en supplie !

Je sors en trombe de chez moi, le portable collé à mon oreille. Une fois dans ma voiture, je le mets en kit mains libres et demande à ma sœur de continuer à me parler. Putain ! J'en ai pour au moins une demi-heure avant d'arriver !

— Est-ce qu'il t'a touchée ?

— Non ! Mais... Mon Dieu, il a frappé maman !

Je rugis. Il va morfler !

— Elle a menacé d'appeler la police quand il est entré dans la maison, alors qu'elle l'a fichu dehors ce matin. Il est devenu fou et… j'ai vu maman s'écrouler.

Putain de merde !

— Lycia, ma puce, je… Je dois raccrocher. Il faut que je prévienne la police.

— C'est déjà fait. Je les ai prévenus avant de t'appeler.

Nous restons en ligne jusqu'à ce que ma sœur m'apprenne que les flics ont débarqué et qu'elle doit raccrocher. Il ne me reste plus que deux kilomètres avant d'arriver. J'appuie sur le champignon. Quand j'arrive devant la maison, je freine tellement fort que les pneus crissent sur le goudron. J'arrive à l'instant où les flics font entrer Ron dans leur bagnole. Je vais dans sa direction, les poings serrés, mais un agent me retient.

— Espèce d'ordure ! hurlé-je en me débattant.

Ron me sourit simplement, comme si cela l'amusait.

— Monsieur, calmez-vous ! m'ordonne l'agent, mais je ne l'écoute pas.

Je me débats, j'ai une telle fureur en moi que j'ai besoin de me défouler sur sa sale gueule ! Comment a-t-il osé toucher à une femme ?

— Ash ! crie ma sœur depuis le palier.

Si je pensais que rien ne pourrait me calmer, je me suis trompé. La voix brisée de ma sœur a le don de me faire blêmir. Je demande à l'agent de me lâcher et lui promets de ne pas faire de connerie. Il le fait lentement et quand je suis libre, je me dirige d'un pas pressé vers ma sœur, qui se met à sangloter. Je la serre contre moi et lui caresse les cheveux.

— Je suis là, Lycia… Tu n'as rien ?

Elle secoue la tête et son regard baigné de larmes me déchire le cœur.

— Où est maman ?

— Au salon, ils l'examinent. Elle va bien, elle est juste sonnée.

J'entoure ses épaules d'un bras protecteur et nous allons à l'intérieur. Putain, je n'aurais jamais dû accepter que ce mec entre chez ma mère, la toute première fois ! J'aurais dû dire à maman de se méfier de lui. J'aurais dû être présent pour ma sœur et elle, au lieu de lui en vouloir d'avoir remplacé mon père.

Mon portable bipe dans ma poche et je jette discrètement un œil dessus. J'ai une notification de Messenger. C'est Hailey. Dans un autre moment, je ricanerais et lui balancerais quelque chose du genre : « Je te manque déjà ? » Mais là, je vais passer mon tour. J'éteins mon portable. Je lui répondrai demain, j'ai plus important à faire ce soir.

CHAPITRE 10
Hailey

Lorsque le week-end arrive, je n'ai toujours pas eu de nouvelles d'Ashton. Je ne peux m'empêcher d'être déçue, même si c'est moi qui l'ai rembarré. Quelle idée j'ai eu de lui envoyer ce dernier message ! Même si je sais pertinemment qu'il n'a aucun moyen de comprendre ce que j'ai envoyé – qui pourrait traduire « putain… Espèce de p… m… b… » ? –, je me sens mal. Je m'attendais à plus de pugnacité de sa part. Résultat, j'ai été de mauvaise humeur tout le reste de la semaine. Je suis incapable de me concentrer, je me suis fait remonter les bretelles au boulot parce que j'ai bâclé un travail de recherche, j'ai rendu des copies remplies de fautes – avec les mèches du début de semaine, mon patron se demande si mon comportement n'est pas un appel au secours pour surmenage – et quand arrive le vendredi, je suis au trente-sixième dessous. Je quitte mon bureau avec un sentiment de ras-le-bol total.

En rentrant chez moi, je fais un détour par l'épicerie qui se trouve à un bloc de mon appartement et me sélectionne un repas spécial « mauvaise humeur ». Au menu : pizza au fromage, du soda – et pas du light – et un énorme pot de crème glacée parfum vanille et morceaux de cookies... La balance me maudira certainement demain matin, ainsi que mon estomac, mais bon, je ne suis plus à ça près.

Quand j'arrive à l'appartement, je fourre la glace et le soda au congélateur, allume le four, et file me changer. Un bas de jogging, un tee-shirt beaucoup trop grand piqué il y a des années à mon frère, les cheveux coiffés en un chignon fouillis, je retourne à la cuisine enfourner ma pizza, puis passe au salon me sélectionner un film. Aucun de ceux que j'ai en ma possession ne me faisant envie, je connecte mon PC à ma télévision pour lancer Netflix dessus. Amy me tanne depuis des mois pour que je m'achète un nouveau lecteur Blu-ray qui soit capable de se connecter à l'application sans que j'aie à brancher le téléviseur sur l'ordinateur, mais cette solution fonctionne, alors je ne vois pas pourquoi je changerais de méthode. OK, il y a plus pratique, mais je n'aime pas dépenser de l'argent pour remplacer des appareils en parfait état de marche juste pour avoir quelques options gadgets supplémentaires. Bref... Me voilà parée pour ma soirée solo spéciale « j'en ai ma claque de tout, foutez-moi la paix ». De retour à la cuisine, je place la pizza dans une assiette, découpe des parts, pose le tout sur un plateau avec un paquet de serviettes en papier, sors le soda du congélateur ainsi que la glace – je fais partie de ces gens un peu tarés qui adorent quand leur glace est à moitié fondue, donc le temps que je mange ma pizza et elle sera parfaite. J'ai un instant d'hésitation pour le soda. Verre ou pas ? Oh et puis merde, pas de verre. Personne n'est là pour me voir boire directement à la bouteille.

Je vais pour m'emparer du plateau lorsque mon regard se pose sur le téléphone accroché au mur. On est vendredi et je n'ai toujours pas appelé ma mère pour lui dire quand je viendrai la voir avec mon « petit ami ». Quelles sont les probabilités pour qu'elle appelle ce soir ? Sachant que je ne veux pas lui parler, je dirais qu'elles sont élevées car ma mère a toujours le chic pour téléphoner quand on n'est pas d'humeur. Alors, je décroche le combiné. Et hop, sonnerie occupée pour une durée indéterminée. Je pourrai toujours prétexter l'avoir mal raccroché sans faire exprès. Oups ?

Enfin, je peux poser mes fesses au fond du canapé, prête à enclencher une vieille comédie pour adolescente datant de quelques années déjà. Je l'ai déjà vue, mais rien de tel que ce type de films pour oublier qu'on est devenue une adulte à responsabilités.

Je m'apprête à appuyer sur « lecture » lorsque mon portable émet la sonnerie d'une notification. Réflexe : je fusille l'appareil du regard. Qui ose ? Je l'attrape pour le mettre sur silencieux, me maudissant de ne pas y avoir pensé quand j'ai décroché le fixe pour éviter ma mère. Lorsque l'écran s'allume, je me retrouve face à un dilemme. C'est une notification de Messenger. Ashton Mason. Ce mec a le chic pour pourrir ma vie ! À cause de lui, je dors très mal – enfin, non, en fait, je dors bien, je fais juste des rêves... – ouais, bon, bref... À cause de lui, je m'en suis voulu toute la semaine d'être montée sur mes grands chevaux lors de notre conversation, et ça, je n'aime pas du tout. Beau mec ou pas, un homme n'a pas le droit de faire éprouver cette sensation de malaise à une fille. Ça ne se fait pas.

Un second tintement m'indique qu'il vient d'envoyer un autre message. Et merde, je suis trop curieuse !

Je clique sur la notification et notre conversation s'ouvre.

> **Ashton**
> P... m... b... ??? ça veut dire quoi, ça ???

> **Ashton**
> Ah non, ne me fait pas le coup de m'ignorer, je te vois en ligne, miss. Tu veux que je m'excuse d'avoir mis tant de temps à te répondre ? OK, je suis désolé, mais j'ai eu des soucis à gérer alors j'étais vraiment pas dans l'ambiance pour nos petites querelles.

Il a eu des soucis ? Pourquoi je ne suis pas au courant ? Amy aurait quand même pu m'avertir. Je me sentais déjà mal pour mon dernier commentaire, maintenant, c'est pire ! Parce que toute la semaine, je l'ai maudit de ne plus me répondre pour une simple phrase qui, pour lui, ne veut rien dire.

Je jette un œil à mon ordinateur.

Désolée, je crois que toi et moi, ce sera pour plus tard. Parce que dans l'immédiat, je dois répondre à Ashton, et je n'ai aucune idée de ce que cela va donner.

Attrapant un morceau de pizza, je l'engloutis en réfléchissant à comment lui répondre. Puis, m'essuyant les mains, je reprends mon téléphone pour taper ma réponse :

Hailey
Rien de trop grave, j'espère. Pour PMB, je dirais que cela te va bien, et que tu ne saches pas ce que cela veut dire rend les choses encore plus intéressantes. Je devrais peut-être t'appeler comme ça, maintenant.

Et voilà, envoyé. Je repose le téléphone sur ma table basse et m'empare d'une nouvelle part de pizza. Que va-t-il bien pouvoir répondre ? Me dira-t-il ce qui l'a retenu toute la semaine ? Je n'aime pas quand les gens ont des soucis. Problème d'empathie ? Je ne sais pas. Je sais juste qu'à chaque fois, j'ai envie de prendre les choses en main pour les aider à les résoudre.

Je suis en train de boire lorsque mon téléphone sonne à nouveau. Sans lâcher la bouteille, je le prends et ouvre le message.

Ashton
Putain de Mec Baisable ?

J'en recrache le soda que j'avais dans la bouche en en mettant partout. Attrapant des serviettes, je répare les dégâts comme je peux, mais pour mon tee-shirt, c'est foutu, il est trempé et tout collant. Super…

> **Hailey**
> Ça va pas d'écrire des trucs comme ça ? J'étais en train de boire… J'ai tout recraché… Oh, et non, ce n'est pas ça…

Sa réponse ne se fait pas attendre… Sous-entendez que vous être trempée et les mecs sautent tout de suite sur le sujet…

Ashton
Tu es toute mouillée ?
Besoin d'aide pour te
sécher ?

Tu veux jouer à ce jeu, Monsieur Mason… Pas de problème.

> **Hailey**
> Non, c'est bon. J'ai retiré mon tee-shirt. De toute façon, je suis seule chez moi, donc personne pour me voir les seins à l'air.

C'est moche de mentir. Parce qu'à peine le message envoyé, je file dans ma chambre retirer ledit tee-shirt et en enfiler un propre. Mais qui ira vérifier ? J'entends mon téléphone sonner. Une fois, deux, trois… Tiens, tiens, tiens… De retour au salon, je suis un peu déçue. Je n'ai qu'un seul message d'Ashton. Les deux autres viennent d'Amy. Bon, commençons par lui.

Ashton
Je peux venir vérifier ???
Allez, dis oui, je serai
sage. Promis…

> **Hailey**
> Désolée, ce soir, c'est moi, ma pizza et mon pot de glace. On est déjà au complet.

En attendant qu'il réponde, j'ouvre le message d'Amy.

> **Amy**
> Que viens-tu de dire à Ashton ? Il a recraché sa bière sur Colton.

> **Amy**
> Hey, tu pourrais répondre, je sais que tu es devant ton téléphone et que vous vous parlez !

Oh ! Ils passent la soirée tous ensemble ? Mon moi un peu diabolique se réveille alors. Il est temps de mettre Monsieur Mason très mal à l'aise devant ses amis. Je dois juste trouver la parade parfaite qui le fera réagir au quart de tour.

CHAPITRE 11

Ashton

Ashton
Je sais me faire tout petit

Sa réponse se fait attendre et je n'aime pas la sensation que je ressens. Je suis constamment en train de jeter un œil sur mon portable. Je suis avec Kole, Colton et Amy. Depuis quelques jours, Kole et Amy sont devenus assez proches. Je les soupçonne de s'envoyer en l'air, mais mon pote n'épilogue pas à ce sujet. C'est peut-être plus sérieux que je le pense, car d'habitude, il nous raconte tout dans les moindres détails.

— Pourquoi tu ne lui proposes pas de se joindre à nous ? demande Colton.

— Mauvaise idée, les gars, intervient Amy. Madame a passé une sale semaine.

— Justement ! ça pourrait lui changer les idées, renchérit Kole.

Mon portable vibre sur la table. Je l'attrape, mais ne lis pas de suite le message, car toute la tablée n'attend que ça.

— Vous allez vous occuper de votre cul, oui ? dis-je d'un air que je veux menaçant.

— On dirait que Hailey n'est pas la seule à être grognon, en ce moment ! s'esclaffe Amy.

C'est ça, ouais, fous-toi de ma gueule ! Je le pense très fort, mais ne dis rien. Ne jamais se mettre à dos la copine de la nana qu'on convoite.

J'attends qu'ils repartent dans leur discussion pour ouvrir le message.

> **Hailey**
> Désolée, mais avec tout ce sucre qui me collait à la peau, je me suis fait couler un bain. Maintenant que je suis installée dans ma baignoire, je suis tout à toi. On parlait de quoi, déjà ?

Putain de bordel de merde !
Quand tous les regards reviennent brusquement sur moi, je me rends compte que j'ai juré à haute voix. Je les ignore et change de position sur ma chaise. Je suis un peu trop à l'étroit dans mon jeans grâce à la demoiselle. On ne lui a jamais appris à se méfier des conversations de ce type ? Qui lui dit que je ne vais pas débarquer chez elle dans la minute pour profiter de son corps. D'autant plus que grâce à Kole, je connais désormais son adresse. En effet, Amy a « innocemment » glissé qu'elles vivaient dans le même immeuble lorsque je les ai déposées chez elle la dernière fois que je les ai vus. Elle nous a même indiqué son étage, l'air de rien.

> **Ashton**
> Tu joues avec le feu, miss ! Je pourrais prendre ce message comme une invitation.

Hailey
Aucun risque que tu débarques. Pour cela, il faudrait que tu connaisses mon adresse.

Je ricane et lui réponds immédiatement.

Ashton
Je devrais venir et là, crois-moi, tu ne ferais plus ta maline dans ton bain.

J'attends une seconde et lui pianote à nouveau :

Ahston
En fait, tu sais quoi ? Je suis là dans cinq minutes. Ajoute un peu d'eau chaude.

Hailey
Paroles, paroles ! Tu n'oserais pas débarquer comme ça chez moi...

Ashton
Tu en es bien certaine ?

J'aime beaucoup la direction que prend cette conversation. Un raclement de gorge me ramène sur terre. Amy me considère avec amusement.

— Je peux savoir ce que tu fais encore à cette table ? Visiblement, ce n'est pas avec nous que tu as envie d'être, lance-t-elle innocemment.

Mes potes approuvent d'un hochement de tête en ricanant comme des gamins.

— Vous êtes pas bien ? Elle va me jeter ! Hors de question !

À bien y réfléchir, elle m'a quand même explicitement dit qu'elle se trouvait dans son bain. Venant d'une conquête d'un soir, je prendrais ce message comme une invitation, mais avec Hailey, c'est différent. Les rares fois où l'on s'est vus, j'ai merdé et ça n'a fait qu'empirer la situation. Je regarde mes potes à tour de rôle, puis finis ma bière d'une traite. Oh et puis merde ! On ne tente pas Ashton Mason depuis son bain sans en assumer les conséquences. Je me lève et redemande l'étage à Amy.

— L'étage au-dessus de mon appartement. Mais t'es sérieux ? Tu vas vraiment te pointer chez elle ?

— Ouaip' ! Je vais le faire et elle aura tout intérêt à me faire entrer.

Je pars sous les éclats de rire de mes amis et l'air ébahi d'Amy. Je regarde mon portable, Hailey m'a répondu.

Hailey
Attends, t'étais quand
même pas sérieux ?

Elle ne sait pas encore dans quel pétrin elle s'est fourrée. Je monte sur ma moto, enfile mon casque et démarre en trombe sans l'avertir que dans cinq minutes, je serai en bas de son immeuble. Cette fille va comprendre qu'on ne me lance pas de défi en l'air. Je me gare devant l'entrée, ôte mon casque et passe une main dans mes cheveux. Je prends mon portable et décide de la prévenir que je suis là.

Ashton
Je suis en bas de chez toi.

Je ne sais pas trop comment elle va réagir. Je me demande encore si c'était vraiment une bonne idée. J'ai l'impression d'attendre depuis beaucoup trop longtemps lorsqu'elle me répond enfin.

Hailey
Quoi ??? Non ! non, non,
non !!! Tu n'étais pas
censé venir !!!

Ashton
Trop tard, ma belle !
Allez, ouvre-moi la porte
de l'immeuble, qu'on
puisse être face à face.

Je ne connais pas beaucoup Hailey. J'ai une vague idée de sa personnalité grâce aux quelques moments que nous avons passés ensemble. Je me doute qu'actuellement, je suis en train de la pousser dans ses retranchements, que j'ai profité d'un moment de relâche pour l'obliger à faire quelque chose qu'elle n'aurait pas fait en temps normal. Mais j'ai passé une semaine de merde et je n'ai tenu moralement que grâce à elle. Grâce à l'anticipation du moment où je la reverrais enfin. Il est temps. J'en ai assez de l'attendre. Je sonne à son interphone et un soupçon de doute m'envahit quand même à cet instant. Va-t-elle aller jusqu'au bout et m'ouvrir ? Si elle le fait, je me promets de ne pas lui sauter dessus. Enfin, pas tout de suite, en tout cas. Je suis prêt à attendre cinq minutes même si l'intérieur de mon pantalon est contre cette idée.

— Ashton ? résonne sa voix dans l'interphone.

Putain, oui !

— Je tiens toujours mes promesses.

— Va-t'en, idiot !

— Hailey, ouvre.

Ma voix n'est qu'un marmonnement impatient.

— Pourquoi ?

— Très bien. J'appelle Amy pour qu'elle vienne m'ouvrir. Tu souhaites vraiment qu'elle se mêle de tout ça ?

Un petit silence. Les rouages de son cerveau sont en train de s'emballer.

— OK.

Elle déverrouille la porte de l'immeuble et je monte les marches deux à deux pour arriver plus vite devant sa porte. Je frappe doucement et attends quelques secondes. Je suis persuadé qu'elle compte jusqu'à dix de son côté pour se donner du courage.

Quand elle ouvre enfin sa porte, j'ai une légère pointe de déception. Jogging, tee-shirt beaucoup trop large pour elle et les cheveux assemblés en un amas un peu bizarre sur le dessus de la tête. À la voir, elle n'a clairement jamais été dans son foutu bain...

— Eh bien, eh bien ! J'ai l'impression qu'une jeune personne a légèrement exagéré ses propos, ce soir…

Je ne peux retenir l'ironie dans ma voix. Et à la voir rougir aussi facilement, elle l'a captée aussi.

— Je ne t'ai jamais dit de venir. T'étais censé rester là où t'étais, me répond-elle.

— Figure toi que quand une jolie fille me fait miroiter un corps nu dans de l'eau savonneuse, j'ai tendance à avoir une flopée de jolis scénarios qui me montent au cerveau.

— Mouais, j'aurais plutôt tendance à penser que c'est surtout descendu en dessous de ta ceinture, me coupe-t-elle.

— Oui, aussi.

J'éclate de rire en voyant sa tête face à mon aveu. Un billet de dix qu'elle ne s'attendait pas à ce que j'avoue qu'elle m'a fait de l'effet.

— Bon, tu me fais entrer ou on prend le café sur le pas de ta porte ?

Elle ouvre en grand et se met sur le côté. Je suis légèrement surpris qu'elle obtempère si facilement, mais je ne vais certainement pas m'en plaindre. Je pénètre dans son petit appartement et elle m'invite à la suivre au salon. J'aperçois une bouteille de soda et une pizza à moitié entamée. Je me mets à rire.

— On dirait une soirée de vieille fille en manque de sexe. Ou alors, tu te morfondais en attendant que je te réponde.

— Je ne me morfondais pas, marmonne-t-elle. De toute façon, ajoute-t-elle un ton plus haut, Junior a largement de quoi me satisfaire. Je n'ai pas besoin d'un homme dans ma vie.

— Mais de qui tu parles ?

— De mon vibro !

J'écarquille les yeux. Putain, au moins une dizaine de fantasmes la mettant en scène avec son truc s'incrustent dans mon imagination ! Elle se met à rire.

— Oh, mon Dieu ! La tête que tu as faite !

Je me racle la gorge. Je crois que je suis en train de me faire avoir à mon propre jeu.

— Tu ne vas pas t'en tirer comme ça, Hailey !

CHAPITRE 12

Hailey

Oh merde, dans quoi je viens de mettre les pieds ? Sa voix est pleine de promesses. Mais ai-je réellement envie de m'engager plus loin ? Le taquiner est une chose, mais je ne suis pas adepte de ce type de comportement. Je ne connais pas les règles du jeu, c'est Amy l'experte. Pourquoi, dans ce cas, est-ce avec moi qu'il veut jouer ? En même temps que toutes ces questions résonnent dans ma tête, je me renfrogne un peu. Je dois ralentir. Je ne dois pas me perdre.

— J'allais regarder un film, murmuré-je, plus très sûre de moi. Oh ! et manger de la glace, aussi. Mais si tu veux, tu peux finir la pizza.

Il ne me laisse pas le lui proposer une seconde fois. J'ai à peine terminé ma phrase qu'il est déjà affalé dans mon canapé, il a retiré ses baskets qu'il a balancées comme un malpropre vers l'entrée de l'appartement et attrape une part de pizza dans laquelle il mord.

Moi, je suis toujours debout. Je me fais l'effet d'être un peu gourde à le fixer comme ça, lui assis sur mon canapé, et moi en train de baver parce qu'un beau mec est chez moi, à faire comme chez lui. Me secouant, je file à la cuisine récupérer mon pot de glace que j'avais remis au congélateur. La glace à moitié fondue, c'est délicieux, mais complètement fondu… Beurk… J'attrape une seconde cuillère car je suis certaine qu'il va venir taper dans le pot dès qu'il aura fini d'engloutir ce qu'il reste de pizza et retourne au salon.

Comme prévu, la pizza n'est plus qu'un lointain souvenir, et je me mets à rougir d'embarras en le voyant regarder l'écran de mon ordinateur. *Putain, Hailey, reprends-toi* !

— Te gêne surtout pas, fais comme chez toi !

— Merci, c'est ce que je faisais, me dit-il en se tournant vers moi. Sérieux, tu comptais réellement regarder cette daube ?

— Oui et si tu veux rester chez moi, tu la fermes et tu subis. Sinon, au revoir !

— C'est bon, pas la peine de te vexer, miss. On va le regarder, ton film, mais je ne peux pas te promettre de rester réveillé. Sérieux, c'est typique des films que regardais ma sœur, et elle a dix-huit ans !

Pour toute réponse, je le fusille du regard. Du coup, il se tait enfin en levant les deux mains pour me signifier qu'il s'arrête là. Merci, mon Dieu. Ce mec n'est jamais aussi beau que quand il cesse enfin de jacasser.

Je m'installe à ses côtés, me maudissant de ne pas avoir un canapé plus grand parce que du coup, je ne peux pas éviter le contact. Je tente de m'installer du mieux que je peux sans avoir à le toucher. Finissant par trouver une position qui me convienne, je lance la lecture du film et me rencogne au fond de mon canapé, cuillère déjà dégainée pour manger ma glace.

Ashton se tient correctement durant… Je dirais au moins les cinq premières minutes du film, même s'il ne peut s'empêcher de ricaner de dépit à chaque passage qui lui semble ridicule. S'il fait ça durant tout le film, on n'a pas fini ! Je ne l'ai pas choisi pour son côté éducatif. C'est le film parfait pour que le cerveau n'ait pas du tout à se mettre en route. Le truc niais par excellence. Mais je l'ignore. Hors de question de sortir de mes gonds, car à tous les coups, c'est ce qu'il cherche à faire. Je suis le calme incarné. Je reste zen. Enfin, ça, c'était jusqu'à ce qu'il me choppe le poignet pour manger la cuillerée de glace que je m'apprêtais à prendre.

— Hey, tu ne peux pas te prendre une cuillère ? C'est dégueulasse !

— Vraiment ? Arrête, tu sais aussi bien que moi que je ne suis pas venu ici pour regarder un film. Tu m'as chauffé, tu te souviens ? Alors, ne commence pas à faire ta mijaurée.

J'en reste muette de stupeur. Mais pour qui il se prend, celui-là ?

— C'est bon, j'en ai ma claque, dis-je en jetant la cuillère dans le pot de glace, que je pose sèchement sur la table basse. Je pense qu'il est temps que tu rentres chez toi.

Il me regarde avec des yeux ronds, comme s'il ne s'attendait pas à ce que je réagisse ainsi.

— T'es pas sérieuse ? Le film vient à peine de commencer, tente-t-il de m'amadouer.

— Et visiblement, tu n'es pas venu pour ça. Alors je le répète : Ashton, rentre chez toi !

Il se lève en me fusillant du regard et je m'attends donc à ce qu'il m'obéisse enfin. Au lieu de cela, il prend le pot de glace et file à la cuisine. J'entends la porte du congélateur s'ouvrir et se refermer. Mais qu'est-ce qu'il fout ? Quand il revient, la rage a disparu de son regard.

— Écoute, je suis désolé, OK ? J'ai peut-être été un peu trop franc et trop rapide pour toi. Je n'ai pas l'habitude de ces conneries, putain ! D'habitude, j'aurais déjà couché avec toi depuis un bail et on ne se serait pas revus.

À mon tour de le regarder avec des yeux ronds.

— Qui a dit qu'on allait coucher ensemble ?

— Oh, arrête deux minutes. Tes messages tout à l'heure étaient presque une invitation.

En repensant à nos échanges, je me sens d'un seul coup humiliée. Humiliée par mon propre comportement. Ce que j'espérais être une conversation plaisante, où je pouvais me lâcher sans crainte, a été perçu comme une claire invitation à coucher. Mais où avais-je donc la tête ?

Me levant du canapé, j'enroule les bras autour de mon corps dans un geste défensif et file vers l'entrée pour lui ouvrir la porte, la tête basse de honte.

— Je ne suis pas comme ces filles que tu fréquentes habituellement. Désolée si je t'ai amené à penser le contraire. Maintenant, si tu veux bien, je préférerais être seule.

Je l'entends se rapprocher, enfiler ses baskets, et bientôt, il se tient devant moi. Il attend, mais je refuse de le regarder. Finalement, sa paume se pose contre ma joue avec une étonnante douceur. Lentement, il m'oblige à relever le visage pour croiser son regard.

— Tu n'es pas comme ces filles, et c'est bien pour ça que j'enchaîne les erreurs depuis que l'on se connaît.

Sa voix est aussi douce que sa main. Ses yeux m'hypnotisent, j'oublie complètement qu'il y a deux minutes, mon plus grand souhait était de le voir disparaître de ma vie. Du coup, lorsqu'il penche son visage vers moi, son regard toujours ancré dans le mien, je n'ai d'autre réaction que de fermer les yeux. Sa bouche se pose délicatement sur la mienne, attendant mon autorisation pour aller plus loin. Je la lui accorde en écartant légèrement les lèvres. Il patientait, mais dès que la brèche est ouverte, il s'y engouffre avec fougue. C'est délicieux, intense. Je me laisse happer par le moment et bien vite, mes mains s'agrippent à sa nuque pour le rapprocher de moi. J'ai envie de plus, de beaucoup plus.

Comme s'il entendait mes pensées, Ashton passe son autre main dans mon dos. D'un coup de pied, il referme la porte d'entrée et me colle au mur. Son corps s'imbrique contre le mien, je sens son désir contre mon bas ventre et là encore, je veux aller plus loin. À contrecœur, je descelle mes lèvres des siennes.

— Dans la chambre, tout de suite !

Ma voix est haletante, je suis déjà à bout de souffle. Il pose son front contre le mien.

— Ce n'est pas une bonne idée, miss. Il est hors de question que tu finisses comme ces filles. Tous les deux, ajoute-t-il en nous montrant l'un puis l'autre du doigt, on va faire les choses bien. On va prendre les événements dans l'ordre. Et le lit, ce n'est pas le premier truc sur la liste des choses à faire quand on veut sortir avec une fille.

— On… On va sortir ensemble ?

Je suis totalement incrédule. Ashton Mason me demande de sortir avec lui !

— Il semblerait, ouais. Parce que tu sais quoi ? Depuis que je te connais, je suis incapable de te sortir de ma tête.

Je reste sans voix, l'émotion me noue la gorge, les larmes ne sont pas loin, je les sens pointer au bord de mes paupières, mais je les retiens du mieux que je peux.

Ashton dépose un dernier baiser sur mes lèvres, se recule et ouvre à nouveau la porte.

— À bientôt, Hailey.

CHAPITRE 13

Ashton

Je ne sais pas par quelle force surhumaine je suis parvenu à partir de chez elle alors que tout mon corps me suppliait de ne pas le faire. Mais comme je lui ai dit que nous allions faire les choses dans l'ordre, sans précipitation, je me devais de me retirer du jeu pour la soirée. Peut-être que Marianne avait raison, finalement ?

Je rentre chez moi avec une trique d'enfer, mais l'esprit soulagé. Nous ne nous sommes pas quittés sur une engueulade. Enfin, pas tout à fait, mais j'ai rattrapé le coup. Il y a de l'amélioration.

J'ai à peine le temps de poser mes clés que mon portable m'annonce l'arrivée d'une notification. Je souris malicieusement et me laisse tomber sur mon canapé.

> **Hailey**
> Tu as loupé la meilleure
> partie du film.

J'éclate de rire.

Ashton
Celle où ils finissent dans un lit et s'avouent leur amour ? Arrête de dire des conneries !

Hailey
J'ai déjà une belle idée de sortie pour nos premiers rendez-vous.

Sous sa phrase, un lien. Lorsque je clique dessus, je tombe sur la bande-annonce d'un film de la même trempe que celui qu'elle a tenté de me faire regarder ce soir.

Ashton
Je suis capable de beaucoup de sacrifices, mais ne pousse pas le bouchon trop loin. ;-)

Nous discutons ainsi une bonne partie de la nuit avant que je ne m'endorme comme une masse.

Le dimanche, je me lève relativement tôt pour aller faire un jogging. Hier, j'ai été assailli de messages de mes potes pour me demander si j'étais toujours en vie ou si Hailey m'avait jeté par la fenêtre. Je me suis contenté de rester vague, pas sûr qu'elle apprécie que je divulgue tout. Et quand ils m'ont gonflé, je me suis contenté d'enclencher le silencieux pour ne plus avoir à leur répondre.

Après mon footing, j'avale un verre de jus d'orange, puis vais prendre une douche. Ce soir, j'aimerais inviter Hailey à sortir afin d'apprendre à la connaître, car je me rends compte que je ne sais même pas où elle travaille. Le plus ironique de tout cela est que je n'ai même pas son numéro de portable. Je lui écris sur Messenger.

Ashton
Salut, miss ! T'as passé
une bonne nuit ?
Concernant ce P... M... B,
j'ai une autre suggestion.

Hailey
Salut. Oui pas mal, et toi ?
Oh ! Intéressant. Vas-tu
me la soumettre ?

Ashton
Puissamment
magnifiquement
baisable ?

Hailey
Oh, mon Dieu, tu vas te
noyer sous ta modestie !

Ashton
C'est ça ?

Hailey
Non !

Ashton
Très bien, tu l'auras voulu.

Je ne peux pas lui envoyer des lettres comme ça dans la conversation, cela ne voudrait rien dire. Alors, je suis un peu plus sournois. Allant dans les paramètres, je décide de changer son surnom. NSS. On verra bien si cela n'attise pas sa curiosité.

Hailey
NSS ?

Ahston
Ouais. T'imagine pas à quel
point ! Tu es dispo pour
un café cet après-midi ? Et
ensuite, je t'invite au resto.

Je repose mon portable en attendant sa réponse et enfile un tee-shirt. Je m'installe ensuite sur mon lit, patientant jusqu'à ce que mon portable m'annonce l'arrivée d'un message.

Hailey
Cet après-midi, je dois voir Amy. Ce soir, je suis libre.

Ashton
Dix-neuf heures chez toi.
À ce soir, Hailey.

Comme j'ai mon après-midi devant moi, je décide de me rendre chez ma mère pour prendre des nouvelles de ma sœur et d'elle. Puisque le soleil est au rendez-vous, c'est en moto que je m'y rends. Nous sommes en attente concernant la plainte à l'encontre cette enflure qui lui a servi de petit ami.

J'arrive devant la maison une demi-heure plus tard. Ma sœur m'ouvre la porte et son sourire s'élargit quand elle me voit.

— Ash !
— Salut, Lycia. Comment tu vas ?
— Mieux que maman.

Sa mine triste me fait de la peine. Je la serre fort contre moi. J'avoue ressentir une certaine culpabilité. J'aurais dû chasser cet enfoiré de la maison de ma mère dès qu'elle me l'a présenté.

Je trouve cette dernière à la cuisine. Elle prépare le thé et quand je lui dis bonjour, elle sursaute. Je serre les poings, constatant que cette enflure l'a traumatisée.

— Pardon, mon chéri. Comment tu vas ? demande-t-elle en m'embrassant sur la joue.
— Et toi ?
— Pas de quoi s'inquiéter.
— Maman ! râle Lycia.

Ma mère se tourne vers ma sœur et lui demande d'arrêter de la couver. Je me sens obligé d'intervenir et de lui dire qu'elle a le droit de se reposer sur nous.

Ma sœur lève les yeux au ciel et s'en va sur la terrasse. Quant à maman, elle retourne à son thé. Je décide d'aller voir Lycia. Elle essuie rageusement une larme.

— Puce, arrête de pleurer.

— Elle se voile la face et j'en deviens la méchante fille qui est trop sur son dos ! rage-t-elle.

— Viens là, murmuré-je en la prenant dans mes bras.

Elle se laisse aller et commence à pleurer. Je lui caresse les cheveux et tente de la consoler comme je peux.

— C'est sa façon à elle de gérer les choses. C'est dur à accepter, mais ça lui donne l'impression d'avoir encore le contrôle sur sa vie. On doit être là pour elle, mais on ne peut pas l'infantiliser. C'est notre mère.

À peine les mots ont-ils franchi mes lèvres qu'elle se crispe à nouveau. Je viens de gaffer.

Elle s'écarte vivement de moi, me fusillant du regard au passage.

— Tu n'étais pas là, Ash ! Tu n'as pas eu à subir sa présence, ses mots, ses tentatives pour…

Elle stoppe brusquement et pince les lèvres.

— Ses tentatives pour quoi ?

Ma voix est sombre de colère. Je sens que je ne vais pas apprécier du tout ce que je risque d'apprendre si elle termine sa phrase. Mais a-t-elle vraiment besoin de la finir ? Il me suffit de recoller les morceaux. Elle ne m'appelait plus, récemment. Quand je finissais par pouvoir lui parler, elle éludait le sujet « Ron ». Le mec ne s'est visiblement pas contenté de taper sur ma mère. Et merde ! Les rouages de mon esprit ont résolu le puzzle et je vois dans le regard de ma sœur que ce que je viens de découvrir est probablement loin de la vérité. Les larmes perlent à ses yeux et elle recule d'un pas, s'éloignant un peu plus de moi. La voyant faire, la rage m'envahit. Je ne suis plus qu'un monceau de fureur et je n'arrive plus à contrôler mes émotions. J'ai envie de frapper quelque chose et n'ayant pas Ron sous la main pour lui faire payer tout ce qui s'est déroulé dans cette maison pendant mon absence, je lance mon poing contre la poutre qui maintient le toit de la terrasse. Évidemment, celle-ci ne bouge pas d'un pouce. Par contre, la douleur m'envahit. Elle remplace une partie de mon sentiment d'impuissance face à ce que j'ai ignoré.

Ma mère et ma sœur sont des victimes, mais dans l'immédiat, je leur en veux. Elles m'ont tenu à l'écart délibérément quand j'aurais peut-être pu les aider. Alors, c'est à mon tour de fusiller ma sœur du regard. Rien à foutre si je la blesse.

Finalement, ne supportant plus de voir sa détresse, je rentre en claquant la porte, j'attrape le casque de ma moto que j'avais déposé dans la cuisine et je me barre. Je dois quitter cet endroit avant de péter un plomb et de dire des choses qui dépassent ma pensée.

CHAPITRE 14
Hailey

Il est dix-neuf heures trente lorsque Ashton sonne à l'interphone. Il est en retard. Je prends mes clés, enfile une veste légère et sors de chez moi. Il m'attend patiemment en fumant une cigarette. Je grimace : l'autre soir, il m'a dit ne fumer que lorsqu'il est énervé.

— Salut, dis-je doucement.

Il jette sa cigarette et l'écrase du pied. Il ne prononce aucune parole et me détaille avec un petit sourire en coin.

— Je te préfère comme ça qu'avec les cheveux en fouillis et des vêtements qui ne mettent rien en valeur. Tu es superbe !

Il lève la main pour me caresser une joue et je remarque que cette dernière est bandée. Je lui agrippe le poignet pour tenter de voir ce que cache la bande de gaze blanche.

— Qu'est-ce qu'il t'est arrivé ?

Il la retire et bougonne quelque chose que je ne comprends pas.

— Pardon ?

— Rien d'important, lâche-t-il de mauvaise grâce. On y va ?

Je croise les bras et secoue la tête négativement.

— Tu es en colère.

Il lève les yeux au ciel, agacé.

— Pas après toi.

— Premier rendez-vous et déjà de mauvaise humeur. Une chouette soirée en perspective ! ironisé-je.

Ses épaules s'affaissent, puis il fait un pas dans ma direction. Il me caresse à nouveau la joue et me demande pardon. Je prends sur moi pour ne pas laisser mon maudit caractère le rembarrer. Si Ashton a des problèmes, je veux l'aider à les résoudre.

— Tu sais que tu peux me parler ?

— Ouais. Mais ça va, je t'assure.

— Dis-moi juste si l'autre mec est à l'hôpital ?

Il rit doucement.

— J'ai tapé dans une poutre, il n'y a que moi qui suis blessé.

J'ouvre des yeux ronds de surprise. Que s'est-il donc passé ?

— Écoute, j'ai pas forcément envie d'en parler, OK ? Alors on va aller gentiment dîner et oublier le reste. J'ai garé ma moto un peu plus loin.

Son ton est agacé, ses yeux pleins de colère.

— T'es vraiment un crétin. J'ai plus envie de dîner avec toi. Bonne soirée.

Sur ces mots, je tourne les talons sans plus me préoccuper de lui. Du coup, je ne peux retenir un sursaut lorsqu'il m'attrape le bras pour m'empêcher de faire un pas de plus. Je regarde méchamment ses doigts qui m'enserrent avant de passer à son visage.

— Lâche-moi immédiatement !

Ma voix n'est qu'un murmure, mais elle est assez menaçante pour qu'il récupère sa main, qu'il passe nerveusement dans ses cheveux.

— Je suis désolé, miss. J'ai passé un après-midi de merde. Je ne voulais pas que ça rejaillisse sur notre soirée.

— Et pourtant, c'est le cas. Tu es énervé. Comment est-on censé passer une bonne soirée si tu as l'esprit préoccupé ?

— Je… Je ne sais pas quoi te dire, me répond-il avec hésitation.

— Je te propose une petite modification de programme. On monte chez moi, on se fait livrer et tu me racontes tout.

Il me fixe un long moment, semblant indécis.

— Allez, viens, lui dis-je en lui prenant la main.

Pas un mot de plus n'est prononcé. Nous montons jusqu'à mon appartement. Quand nous y entrons, il part directement s'installer dans mon canapé. Coudes sur les genoux, ses mains maintenant sa tête. Le voir ainsi me peine énormément. Moi, j'ai pris l'habitude, en si peu de temps, de voir un Ashton taquin, prêt à tout pour me faire la misère et rire. Ce soir, j'ai l'impression d'avoir un autre homme en face de moi et ça m'effraie un peu. S'il est comme ça, c'est qu'il a vraiment dû se passer quelque chose de grave.

— Ashton ? Parle-moi, l'imploré-je doucement.

— Je… Hailey, je ne veux pas te mêler à cette histoire.

— C'est trop tard. Si tu veux que ça marche entre nous, il faut que tu me parles.

Je ne veux pas le forcer, mais je me dois de lui dire que s'il commence à m'évincer ou à me cacher des choses, notre couple ne fonctionnera jamais.

— Mon père est mort il y a six ans d'un cancer. Il a laissé derrière lui ma petite sœur, qui n'était âgée que de douze ans, ainsi que ma mère et moi. Bien qu'elle se soit promis de ne jamais vouloir d'un autre homme dans sa vie, il y a six mois, elle a rencontré un certain Ron. Le pire crétin que j'aie jamais croisé. J'ai tout de suite su que quelque chose clochait avec cette ordure. Au lieu de mettre ma mère et ma sœur en garde, j'ai préféré ne plus remettre les pieds à la maison. Je prenais des nouvelles par téléphone, car je ne voulais pas croiser sa face de rat… Et puis, il y a une semaine, les flics ont dû intervenir. Ce connard de merde a frappé ma mère. Il l'a frappée, Hailey ! Ma mère qui a toujours tout fait pour lui ! J'avais tellement la haine que je voulais le démolir ! Il mérite qu'on le suspende par les couilles et qu'on le laisse sécher la tête en bas !

Je sais bien qu'il n'a que faire de la pitié, mais ça me bouleverse de le voir dans cet état. Ses mains tremblent, il n'a toujours pas levé le regard du sol.

— Je suis désolée, Ash.

— Il va purger sa peine en prison, cette enflure, et une fois qu'il sortira, je le pulvériserai de mes propres mains.

J'ai l'impression qu'il ne me dit pas tout, mais je crois qu'il en a assez divulgué pour que je comprenne son humeur. Je m'approche de lui et l'enlace, mes doigts allant lui caresser doucement la nuque, comme pour l'apprivoiser, avant de poser mon menton sur son épaule. Il se laisse faire pendant quelques minutes.

— T'as de la bière ?

— Je vais t'en chercher une.

Allant à la cuisine, je prends une bouteille dans mon frigo et le rejoins. Je la pose devant lui et, avant que je puisse m'installer, il me tire sur ses genoux et plonge dans mon cou, respirant mon odeur.

— Je ne laisserai jamais personne te faire du mal, Hailey.

Son ton est plaintif, sa voix déraille et mon cœur se brise en mille morceaux. Je me retire un peu et l'oblige à me regarder. J'ai envie qu'il sache que je suis aussi là pour lui et que je serais capable de n'importe quoi pour qu'il soit heureux.

Je l'embrasse doucement, comme si je lui en demandais la permission avant de me laisser totalement aller. Il me rend mon baiser en se laissant tomber en arrière dans le dossier. De ses mains, il me soulève pour que je m'installe à califourchon sur lui. Je gémis contre ses lèvres lorsque sa langue vient à la rencontre de la mienne. Ce type embrasse à en faire brûler de plaisir les petites culottes. Il descend ensuite dans mon cou et d'une main experte, je le sens dégrafer mon soutien-gorge par-dessus mon tee-shirt. Surprise, je me retire et l'observe quelques microsecondes, juste avant qu'il ne m'embrasse à nouveau de plus belle. Il me bascule ensuite et je me retrouve allongée sur le canapé, le corps d'Ashton au-dessus du mien.

Oh bon sang ! Il faut que je stoppe ça. On avait dit qu'on irait doucement, un pas à la fois et dans l'ordre.

Juste encore une minute.

Ashton remonte mon tee-shirt et dépose ses lèvres sur mon ventre, se dirigeant jusqu'à la limite de mon soutien-gorge, qui ne tient plus très bien. Je cambre mon corps contre le sien. De mes mains tremblantes d'envie, je lui retire son tee-shirt et découvre pour la première fois les muscles qu'il dissimule sous ses vêtements. Je caresse ses pectoraux pendant qu'il s'affaire à déboutonner mon jeans.

Au diable les bonnes résolutions, j'ai envie de lui !

Tout à coup, sans prévenir, Ashton se relève et passe une main dans ses cheveux. Son excitation est évidente. Il grogne de frustration.

— Pardon, Hailey. Je…

Mal à l'aise, je plie mes jambes contre ma poitrine. Il ne me désire pas autant que je le désire. Je fixe un point imaginaire droit devant moi, tentant de contenir mes larmes. C'est la deuxième fois qu'il me repousse en deux jours.

CHAPITRE 15

Ashton

Non, non ! J'avais dit que je voulais faire les choses correctement et sauter sur Hailey à la première occasion n'est clairement pas le cas. Pourtant, quand je vois cette lueur de tristesse dans son regard, je regrette immédiatement de m'être comporté encore une fois comme un connard. Putain, cette nana mérite mieux que moi ! Comment pourrais-je la protéger alors que je n'ai pas su voir que ma sœur était la victime d'un pervers ? Je ferais mieux de m'éloigner de Hailey avant de la faire souffrir.

— Je crois que je devrais…
— Ne termine même pas cette phrase, Ashton !

Elle a beau me foudroyer du regard, elle a du mal à contenir ses larmes. Putain ! Je suis vraiment le pire trou du cul du monde ! Je fais pleurer la seule femme que je désire.

— Je suis désolé.

Je m'approche et m'agenouille devant elle. J'attrape ses mains et les embrasse.

— Pourquoi tu me rejettes constamment ? demande-t-elle dans un souffle.

— Je ne te rejette pas, Hailey. Quel genre de type je serais si je te dis que je veux prendre mon temps et le lendemain, je te saute dessus ?

— Ashton, je ne suis pas une gamine !

Sommes-nous vraiment en train de nous disputer parce que, pour une fois, j'ai envie de faire les choses correctement ?

— Écoute-moi bien, Hailey. En ce moment, tu es ma bouffée d'oxygène et je ne veux pas merder avec toi. Si je te perds maintenant, je perds l'unique lumière dans mes ténèbres. Tu comprends ? Je ne veux pas utiliser ton corps pour oublier ce que ce sale type a fait à ma mère. Le jour où nous franchirons le pas, crois-moi, ce sera dans d'autres conditions. Ne va pas songer un seul instant que je ne te désire pas. Même dans ton foutu jogging, tu m'as fait un effet d'enfer, hier soir, et ça a été horriblement difficile de ne pas répondre à ta demande de te suivre dans ta chambre.

Elle entortille ses doigts autour d'une mèche de cheveux, puis m'adresse un petit sourire.

— Tu veux rester dormir ?

Je ricane, incrédule. Je viens de me confier comme je ne l'ai jamais fait, je lui dis que je la désire mais ne souhaite pas aller trop vite et elle m'invite dans son lit pour dormir. Je ne peux pas refuser. Ce soir, j'ai besoin d'elle, mais putain, la nuit va être longue !

Lorsque j'ouvre les yeux le lendemain matin, il me faut un instant pour me souvenir d'où je me trouve. Je ne suis clairement pas dans mon lit, un corps chaud est collé contre moi. Un corps féminin. Pas de mal de crâne, donc ce n'est pas une gueule de bois post-fête d'où j'aurais ramené une nana lambda pour mon plaisir. Les brumes du sommeil s'évaporent peu à peu et je me souviens. Je suis chez Hailey. Elle m'a demandé de rester dormir et elle est maintenant là, contre moi, nos jambes entremêlées. Je me réveille un peu plus et je réalise que c'est la sonnerie de son téléphone qui m'a tiré des limbes du sommeil. Je ne peux m'empêcher de grogner.

— Hailey, ton téléphone.
— Humm…

Réponse très constructive de sa part. Loin de réaliser que son téléphone sonne non-stop, elle se colle même un peu plus à moi avec un soupir de satisfaction. OK, j'ai réussi à dormir, mais si je ne veux pas lui sauter dessus, elle va clairement devoir décoller son petit corps parfait du mien, sinon je ne réponds plus de mes actes.

Je dépose un baiser sur son front en espérant la faire réagir.
— Hailey, ton réveil sonne depuis cinq minutes.

Son corps se crispe un court instant, et enfin, la sonnerie semble arriver à ses tympans. Elle sort comme un ressort du lit et récupère son téléphone pour enfin arrêter la sonnerie stridente. Elle ne tient même pas compte du spectacle qu'elle m'offre — elle, en short ultra-court et petit débardeur.

— Et merde ! Merde, merde, merde…
— Joli vocabulaire ! m'esclaffé-je.
— Oh la ferme ! Je vais encore être en retard. Putain, fais chier !
— OK, dis-je en me levant à mon tour pour m'approcher d'elle. File sous la douche, je te prépare un petit déjeuner en vitesse.

Je l'embrasse rapidement et file de sa chambre pour lui laisser son intimité.

Le café n'a même pas fini de couler qu'elle débarque à toute vitesse dans la cuisine. Habillée d'un tailleur, je ne peux m'empêcher de fantasmer. Sa jupe est assez courte pour mettre ses jambes en valeur tout en gardant une longueur correcte. La veste cintrée qui l'accompagne souligne sa taille et le petit caraco qui se cache dessous m'offre une vision de rêve sur son décolleté. Je déglutis péniblement avec l'envie irrésistible de l'aider à retourner dans sa chambre, bien qu'en l'instant présent, je pourrais parfaitement me contenter du comptoir de sa cuisine pour l'y déposer et lui faire tout un tas de choses.

En cherchant de quoi préparer du café tout à l'heure, j'ai débusqué dans son placard un mug de voyage. Je verse le liquide brûlant à l'intérieur et le lui tends. Nos doigts entrent en contact lorsqu'elle s'en empare et je ressens clairement le frisson qui la parcourt. Je ne suis pas le seul à être émoustillé dès le matin, même si pour le moment, son cerveau est déjà préoccupé par son travail. Je pars à mon tour dans la chambre pour me rhabiller en vitesse et retourne au salon pour enfiler mes baskets. Et nous quittons son appartement.

Je l'accompagne devant son bureau, qui se trouve à cinq minutes à pied de chez elle. Je découvre avec une légère stupeur que la miss travaille dans un cabinet d'avocats. Peut-être que je pourrais lui demander de… Non ! J'ai dit que je ne voulais pas la mêler à cette histoire.

Je retourne prendre ma moto dans sa rue en chassant l'idée d'utiliser notre toute nouvelle relation pour régler mes problèmes. L'avantage d'être mon propre patron, c'est que mes employés ne m'engueuleront pas pour mes dix minutes de retard.

Je passe en vitesse à la maison pour me doucher et me changer et j'arrive au salon. Je salue Colton et Marc avant d'aller me faire couler un deuxième café. Je reviens à l'avant au moment où Marc ouvre à la première cliente. Colton, quant à lui, me dévisage.

— Alors ? Comment s'est passé ton vendredi soir ?, me demande-t-il, avide d'obtenir plus de détails.

— On a du travail.

Il s'esclaffe, car il a compris que mon but est de détourner la conversation. Je n'ai pas envie de lui raconter mon week-end, cela impliquerait qu'il sache ce que j'ai appris de plus sur ce connard de Ron. À cette pensée, je serre les poings et retourne à l'arrière. Je me calme un instant. Il faut que j'arrête d'y songer, sinon je ne serai qu'un bon à rien, aujourd'hui. Je décide d'aller regarder l'agenda. Je constate que mon premier rendez-vous ne vient que cet après-midi. Aujourd'hui, c'est plutôt calme et je ne vais pas m'en plaindre, pour une fois.

J'effectue les commandes de colorations et des produits manquants dans notre assortiment.

Après avoir fait mon devoir de patron, je m'installe sur un tabouret et prends mon portable. Un sourire idiot se dessine sur mon visage lorsque j'ouvre Messenger. J'ai envie de rendre Hailey folle à sa pause de midi, alors je lui écris un message explicite.

Ashton
Ton corps contre le mien, cette nuit, était une douce caresse… Mais rien comparé à celles que je te prodiguerai un jour… ;-)

CHAPITRE 16

Hailey

*D*urant ma pause, je reste dans mon bureau et découvre une notification sur Messenger. J'écarquille les yeux et sens le rouge me monter aux joues quand je lis le message d'Ashton. Mes pensées commencent à s'affoler au souvenir de ce qu'il s'est passé dans mon appartement hier et je me mets à l'imaginer aller au bout de sa promesse. Je me mords la lèvre et la douleur que cela provoque me remet les pieds sur terre. Bon sang ! Je suis au travail, il serait peut-être temps que je me comporte d'une autre manière ! Depuis mon entretien concernant mes cheveux colorés, mon patron m'a à l'œil. Je lui réponds tout de même en vitesse.

Hailey
Promesse, promesse… ;-)

Quand je quitte le bureau à seize heures, je suis partagée entre l'envie d'aller voir Amy et celle de me rendre au salon de coiffure d'Ashton. Je ne sais pas s'il apprécierait de me voir alors que nous avons déjà passé la nuit ensemble. Et si je passais pour une femme collante ? Malgré mes hésitations, c'est tout de même en direction de son salon que je marche.

J'arrive devant le salon et l'observe à travers la vitrine. Il est en train de coiffer la vieille dame de l'autre fois. Je souris lorsque je le vois s'esclaffer. J'imagine d'ici la conversation qu'ils doivent avoir. Nul doute qu'Ashton tente une fois de plus de lui faire du charme. C'est tout lui, finalement ! Quel que soit l'âge de la femme qui lui fait face, il se sent obligé de faire son tombeur. Si j'avais l'âge de sa cliente, je crois que je me sentirais rajeunir face à son petit numéro. C'est peut-être pour ça qu'elle revient toutes les semaines.

Je prends mon courage à deux mains et passe la porte. L'employé qui vient m'accueillir me sourit largement. Se souvient-il de moi ? Pourtant, j'ai appris que ce salon fait fureur. Comment pourrait-il se rappeler que je suis déjà venue alors que je ne l'ai fait qu'une unique fois ? Pourtant, il semble bien me reconnaître puisqu'il m'a à peine dit « bonjour » qu'il hèle Ashton.

— Ash ! Quand tu auras terminé de draguer Marianne, viens à l'avant. Il y a quelqu'un pour toi.

Il me fait un clin d'œil et me montre un fauteuil de la main.

— Alooors… C'était bien vendredi soir ?, me demande-t-il innocemment.

Je me sens immédiatement rougir. Bon sang ! Je deviens une vraie écrevisse, ces derniers temps !

Ashton arrive, accompagné de Marianne. Cette dernière lui tapote sur l'épaule et me montre d'un regard entendu. Il écarquille les yeux de stupeur juste avant de m'adresser un sourire en coin. Sa cliente paie et dit assez fort pour que j'entende :

— Répète après moi, Ashton : Marianne, vous aviez raison sur toute la ligne.

J'éclate de rire lorsque mon petit ami….

Attendez, petit ami ?! ça claque !

Ashton Mason est mon petit ami…

Mmmh, quelle autre fille a pu s'en vanter un jour ? Bref, la réaction d'Ashton vaut le coup d'œil. Il semble légèrement mal à l'aise et lâche un petit rire gêné. Marianne s'en va, non sans oublier de me faire un petit signe de la main auquel je réponds. Ashton s'approche ensuite de moi et je me lève.

— Que me vaut l'honneur de ta visite ? Tes mèches roses te manquent ?

— Très drôle. J'étais curieuse de te voir évoluer dans ton univers, et comme je ne sais pas où tu habites...

— D'accord.

Il passe un bras dans mon dos et m'attire à lui avec un sourire charmeur. Quand il dépose ses lèvres sur les miennes, je réagis rapidement et passe mes mains dans ses cheveux. Il se retire à regret lorsque Colton nous demande de bien vouloir nous trouver une chambre.

— À quelle heure termines-tu ?

Il jette un œil à sa montre et se renfrogne.

— Il doit me rester au moins trois clientes.

— Quatre, en fait, intervient Colton.

Je grimace. Ça risque de durer un peu !

— Tu peux nous emprunter des magazines, si tu veux, en attendant, me dit Colton en me désignant la table basse de leur salle d'attente, qui croule sous les journaux people.

— Ce n'est pas trop mon truc, les ragots, en fait. Mais j'vais attendre.

Ashton s'apprête à dire quelque chose, mais une jeune femme entre en annonçant qu'elle a rendez-vous avec lui. Elle lui fait la bise, dépose son sac au vestiaire et part s'installer au bac comme une habituée des lieux. Je le laisse donc aller s'occuper d'elle après l'avoir embrassée rapidement et m'installe dans le canapé. Au départ, je ne peux pas m'empêcher de le regarder travailler, mais je finis par sortir mon téléphone de mon sac. C'était ça où j'allais demander à la demoiselle de cesser de tenter sa chance avec mon mec. La jalousie, c'est moche comme sentiment. Je suis en plein dans la lecture de mes mails lorsque Colton s'approche de moi avec une tasse de café et l'intention évidente de papoter.

— Elle ne t'arrive pas à la cheville, me dit-il en s'installant à côté de moi.

— Si tu le dis, lui réponds-je sans détourner mon regard de l'écran de mon téléphone.

— J'suis sérieux ! Depuis que tu es apparue dans le paysage, il n'a plus regardé une seule nana. Et Sara est une peste, de toute façon. Même célibataire, il n'irait jamais se frotter à elle.

Je garde le silence. Ne surtout pas lui montrer que ce qu'il me dit m'intéresse. Il est plus judicieux de le laisser parler tout seul. Au moins, je ne pourrai pas être accusée d'être allée à la pêche aux infos. Malheureusement, mon peu de communication finit par le lasser. Ou alors c'est parce qu'une nouvelle cliente vient de passer la porte. Ce salon n'attire-t-il que la gent féminine ?

Lorsque Sara part enfin, satisfaite de sa nouvelle coupe de cheveux, et sans avoir oublié d'étreindre tendrement Ashton en me fusillant du regard, j'ai l'espoir de pouvoir lui grappiller quelques baisers avant son prochain rendez-vous. Mais que nenni, la cliente suivante arrive déjà, souhaitant coupe-brushing mais surtout : coloration. Super, ça va durer trois plombes ! Mais au moins, celle-ci ne tente pas de lui faire son petit numéro de drague. Peut-être à cause de son ventre rond qui clame haut et fort qu'un heureux événement est sur le point d'avoir lieu. Je cherche encore comment je pourrais me divertir lorsque je repense au message qu'il m'a envoyé ce matin. Un léger sourire étire mes lèvres et je lance l'application.

Hailey
Est-ce que tes mains
seraient aussi agiles sur
mon corps qu'elles le sont
actuellement en coiffant
ta cliente ?

Je m'apprête à lui en envoyer un autre quand un mouvement attire mon attention.

Merde ! Je n'avais pas pris en compte qu'il aurait son téléphone sur lui et qu'il le regarderait. Il relève la tête et nos regards se croisent. Je me sens happée par son magnétisme et incapable d'être la première à me détourner. Ses yeux sont voilés de désir. Il n'a pas besoin de mots pour me faire comprendre sa réponse à mon message. Il lui suffit de me fixer comme il le fait. Finalement, c'est sa cliente qui me sauve la vie en lui demandant si tout va bien. Il détourne enfin la tête avec un sourire en coin en remettant son portable dans sa poche. Il retourne bien vite à sa cliente. Moi, maintenant, je suis mal à l'aise au fond du canapé et comme il est difficile de se planquer derrière son téléphone, j'attrape le premier magazine qui me tombe sous la main, l'ouvre et fais semblant de trouver très intéressant d'y lire que Brad et Angelina divorcent. Mais de quand date ce truc ?

CHAPITRE 17

Ashton

Quand ma dernière cliente part enfin, je ricane encore du message qu'a osé m'envoyer Hailey. C'est qu'elle prend de l'assurance, la miss ! Enfin, presque. Car à moins qu'elle s'intéresse soudainement aux ragots qu'elle dénigrait il y a quelques heures, je pense déduire de son intérêt soudain pour nos magazines que la demoiselle est mal à l'aise.

Je décide de lui infliger une petite vengeance. Je m'approche d'elle doucement, lui prends la main et l'attire à l'arrière sans prononcer une seule parole. Une fois que nous sommes dans la petite salle de pause, je referme la porte et la plaque contre cette dernière. Un hoquet de surprise lui échappe et je ricane.

— Tu ne peux pas m'envoyer des messages pareils et ne pas t'attendre à des représailles.

— Ashton…

Sa voix meurt sur mes lèvres. Je prends son visage en coupe et l'embrasse d'abord doucement avant d'intensifier cet instant. Elle s'agrippe à mes avant-bras et gémit. Je continue mes baisers en descendant dans son cou et un long frisson la parcourt. Si je ne me contrôle pas, je crois bien que je pourrais la renverser sur cette table et mettre en pratique mes promesses faites par message ce matin. Alors que mon imaginaire me montre de belles images, on tape violemment à la porte.

— Ash !

— Va te faire foutre, Colton !

— Lycia est là. Il faut que tu viennes.

Je relâche immédiatement Hailey et lui explique que c'est ma petite sœur. Je sors précipitamment de la pièce en m'excusant du contretemps. Quand j'arrive à l'avant, les portes sont déjà fermées, mais ma sœur est installée sur une chaise et Marc est accroupi devant elle, lui demandant s'il peut faire quelque chose. Elle secoue la tête et quand elle m'aperçoit, un sanglot lui échappe. Elle court dans mes bras et je la serre fort contre moi. Tout ceci m'inquiète.

— Lycia ? Qu'est-ce qui t'arrive, ma puce ?

— Ron... Il... Il est... Il a été libéré sous caution... Maman l'a laissé entrer.

Et merde ! Putain, non ! Je jette un coup d'œil à mes deux collègues pour qu'ils nous laissent une minute. Ils s'en vont tenir compagnie à Hailey, qui ne m'a pas suivi.

— Est-ce qu'il t'a touchée ?

— Non. Je suis partie dès que je l'ai aperçu. J'ai dit à Maman que c'était lui ou moi. Il a ricané et a passé un bras autour de ses épaules. Elle ne l'a pas repoussé, mais dans son regard, j'ai compris qu'elle m'ordonnait de fuir avant qu'il ne s'en prenne à moi.

Je vais le démolir !

— Je ne veux pas retourner là-bas, Ash !

— Je ne comptais pas te laisser y retourner, de toute manière, je...

Je m'arrête dans ma phrase quand je vois Hailey arriver en croisant les bras devant sa poitrine. Elle semble mal à l'aise. Je fronce les sourcils.

— Je... Je vais vous laisser. On s'appelle ?

J'acquiesce même si je n'ai toujours pas son numéro. Lycia m'interroge du regard, je lève un doigt pour lui demander de patienter quelques secondes. Je vais rejoindre Hailey.

— Je suis désolé, mais elle a besoin de moi.

Hailey sourit doucement.

— C'est ta sœur. Je comprends, ne t'inquiète pas.

— Tiens !

Je griffonne mon numéro sur un papier et le lui mets dans la main.

— Appelle-moi plus tard dans la soirée, d'accord ?

Elle accepte gentiment avant que je ne regarde derrière moi. Lycia ne peut pas nous voir, alors j'en profite pour l'embrasser tendrement.

— Allez, on se parle tout à l'heure. Encore désolé, miss.

De retour au salon, je prends à nouveau ma sœur dans mes bras et la laisse sangloter. Les mecs suivent l'exemple de Hailey et partent sans un mot. Je serais bien incapable de dire combien de temps nous restons ainsi, mais quand elle se calme enfin, il fait déjà nuit. Elle semble épuisée, il est temps que je la ramène chez moi. Je vais récupérer mes affaires dans la salle de repos et ferme le salon, ma sœur accrochée à mon bras comme à une bouée de sauvetage.

Comme je suis venu en moto ce matin, il me faut réussir à choper un taxi, ce qui nous prend bien dix minutes. Ces derniers ont tendance à se faire rares dans ce quartier passées les heures de bureau. Mais je patiente sans pester un seul instant, parce que ma sœur a besoin que je garde le contrôle.

Une fois chez moi, je l'accompagne jusqu'à ma chambre, où je dépose son sac.

— Tu n'as qu'à t'installer ici, je dormirai dans le canapé.

— Je peux prendre le canapé.

Sa voix me fait presque pitié. Elle est rocailleuse d'avoir trop pleuré.

— Va prendre une douche, ça te fera du bien. J'appelle le chinois du coin de la rue pour une livraison, pendant ce temps.

Et je la laisse seule dans la chambre pour aller à la cuisine. J'ouvre le tiroir des couverts pour en tirer le menu du restaurant et passe commande. Lorsque je raccroche, j'ai à nouveau envie de taper sur quelque chose. Si ma sœur n'était pas dans la pièce à côté, je serais déjà certainement chez ma mère à botter le cul de cet enfoiré.

Mon prochain appel est d'ailleurs pour elle. Elle décroche au bout de la quatrième sonnerie. Pas de bonjour, elle sait qui est au bout du fil et pourquoi j'appelle.

— Elle est chez toi ?

— Et où croyais-tu qu'elle irait ? Putain, merde ! Comment as-tu pu laisser ce type revenir ? Comment as-tu seulement pu le laisser s'approcher de Lycia ? Quel genre de mère es-tu devenue ?

Mes paroles sont dures, mais ma fureur atteint des sommets dès que je songe à ce qu'a subi ma sœur.

— Écoute, je n'ai pas envie d'entendre ça, Ashton ! Tu es incapable d'imaginer ce que je vis depuis la mort de ton père. Ron…

— Ne prononce même pas le nom de ce type avec moi… Et n'utilise pas papa pour excuser ton comportement. Lycia reste chez moi jusqu'à nouvel ordre, et n'essaie même pas de l'obliger à revenir parce que j'irai directement chez les flics leur expliquer ce que tu as laissé ce type lui faire !

Elle commence une phrase que je n'écoute même pas. Je ne veux plus l'entendre. Claquant mon portable sur le plan de travail après avoir raccroché, les deux mains en appui sur ce dernier, j'essaie de reprendre le contrôle de ma respiration et de mon calme. Je suis sur le point d'y parvenir quand mon portable se met à vibrer dans ma main. Un coup d'œil à l'écran : numéro inconnu. La fureur refait surface en imaginant que ce pourrait être cet enfoiré, alors je ne retiens pas ma rage quand je décroche.

— Putain, quoi encore ? tonné-je.

CHAPITRE 18

Hailey

Sa voix me fait sursauter alors qu'il n'est même pas devant moi.

— Euh, je devrais peut-être rappeler plus tard.

Je suis hésitante. Il m'a dit de l'appeler, mais ce n'était peut-être pas une bonne idée, finalement. Je m'apprête à raccrocher quand je l'entends à nouveau au bout du fil.

— Merde ! Excuse-moi Hailey. Je ne connaissais pas le numéro et j'ai cru… Laisse tomber, finit-il dans un souffle.

— Comment va ta sœur ?

— Pas très bien.

— Tu veux en discuter?

— Je préférerais éviter, surtout avec toi.

Sa remarque est blessante. J'essaie de ne pas mal le prendre, mais mon silence parle de lui-même. Que puis-je ajouter quand il me met ainsi volontairement à l'écart ? Je l'entends à nouveau souffler d'exaspération.

— Merde, j'suis désolé, ce n'est pas ce que je voulais dire. Écoute, je sais que c'est moi qui t'ai dit de m'appeler, mais ça t'ennuie si on se parle demain, plutôt ? Là, je n'ai pas trop la tête à ça.

— Euh... Oui, bien sûr. Demain, pourquoi pas...

— Merci, dors bien.

Et il raccroche.

Je reste un long moment dans mon canapé, dans mon appartement silencieux, à ne rien faire d'autre qu'à regarder mon téléphone en me demandant ce qu'il vient de se passer. Je me rappelle qu'il est arrivé hier avec un bandage à la main. Il m'a parlé de ce type qui est entré chez sa mère et s'en est pris à elle. Ce soir, sa sœur est arrivée dans tous ses états, parlant d'un mec sorti qui aurait débarqué chez eux. Le lien n'est pas difficile à faire.

Je me sens mal. Pour lui, mais aussi pour sa sœur. Et je m'inquiète pour leur mère qui, visiblement, est restée seule avec ce désaxé. Je sais qu'il m'a dit qu'on parlerait demain, mais je ne peux m'empêcher de lui envoyer un message.

Hailey
Si tu as besoin d'aide,
n'oublie pas que je
travaille dans un cabinet
d'avocats.

C'est peu de chose, mais c'est déjà ça. Sa réponse est quasi immédiate.

Ashton
On n'a pas besoin
d'avocat. T'en mêle pas,
s'il te plaît.

C'est demandé gentiment, mais une fois de plus, il me met à l'écart. Secouant la tête de dépit, je passe mon téléphone en mode avion. Je ne veux plus entendre parler de lui pour la soirée. Il y a des limites au nombre de fois où une fille est prête à se laisser repousser. De toute façon, je ferais mieux d'aller me coucher. J'ai du sommeil à rattraper et je voulais arriver plus tôt au boulot demain matin pour m'avancer dans mon travail, prouver à mon patron que je prends mon poste au sérieux.

Malheureusement, les heures défilent et je n'arrive pas à m'endormir. Je tourne en rond, mes draps sentent encore le parfum d'Ashton si bien que je n'arrive pas à me le sortir de la tête. Une fille sensée se serait relevée pour changer les draps, mais moi non. Je les laisse et j'enfouis la tête dans l'oreiller qu'il a utilisé pour respirer son odeur. Ce soir, son parfum boisé mélangé à celui de son savon m'apaise en même temps qu'il m'horripile. Deux sentiments contradictoires qui font de moi une tarée en puissance.

Lorsque mon réveil sonne enfin, je n'ai quasiment pas dormi. Je camoufle mes cernes sous une tonne de maquillage et file au boulot. Mon téléphone est toujours sur le mode avion. Pas d'appels, pas de SMS, pas de Messenger ou toute autre notification. Dans un sens, cette coupure me fait du bien. Je me retrouve. Les heures défilent sans que j'y fasse attention, je laisse passer la pause déjeuner sans sortir de mon bureau et continue au-delà des heures de fermeture. M'abrutir de travail est une méthode comme une autre pour oublier que je craque pour un crétin insensible.

Sur le chemin du retour, je m'arrête rapidement dans un fast-food. Il serait temps que j'aille faire de vraies courses, quand même ! À force de voir au jour le jour, je me nourris de plus en plus mal.

Lorsque j'arrive enfin chez moi, une enveloppe est scotchée sur ma porte. Je la décolle et entre dans mon appartement. Déposant mes victuailles sur le bar, je me déchausse et ouvre l'enveloppe en allant dans ma chambre, où je compte me changer. Le message est d'Amy :

« Nous avons essayé de te joindre sans succès toute la journée, tu as intérêt à ramener tes fesses chez moi dès que tu auras ce message. »

Sérieusement ? Je commence à en avoir ma claque qu'elle s'immisce sans cesse dans ma vie. Je me change rapidement et retourne au salon. Je récupère mon téléphone au fond de mon sac ainsi que mon repas et pars m'installer sur mon canapé. Déconnectant le mode avion, je laisse le téléphone tranquille le temps d'entamer mon burger. Le mode silencieux a ça de bon qu'au moins, je n'ai pas à subir la multitude de sonneries que provoque l'arrivée soudaine d'informations. Mails, appels manqués, messages sur répondeur, SMS, Messenger et j'en passe. Une fois mon repas terminé, je me préoccupe enfin de l'appareil. OK, tout le monde s'est excité, aujourd'hui ! Laissez votre téléphone allumé et personne ne vous appelle, éteignez-le une journée et comme par hasard, c'est ce jour que les gens choisiront pour tenter de vous joindre. Je n'ai par contre eu qu'un seul appel d'Ashton, et pas de message sur le répondeur. Suis-je déçue ? Oui. N'ayant par contre aucune intention de descendre chez Amy, je préfère lui envoyer un SMS.

Hailey
Dure journée au boulot, pas forcément envie de faire la discussion. Je passerai un autre jour.

Voilà qui devrait lui suffire. Généralement, quand mes journées ont été chargées, elle est conciliante et me fous la paix. Mais visiblement, pas ce soir, car elle est déjà en train de tambouriner à ma porte, exigeant que je lui ouvre sur-le-champ.

Je me lève et me dirige vers la porte, que j'ouvre avec un gros soupir de lassitude.

— Sérieux, Amy, je ne suis pas d'humeur à socialiser, ce soir.

— M'en fous de tes humeurs ! me répond-elle en me poussant pour pouvoir entrer dans mon appartement. Ashton est en prison.

— Quoi ?

Je la regarde, éberluée. Mais de quoi parle-t-elle ?

— J'ai pas tout compris à ce que m'a dit Kole. Il aurait tenté d'aller chez sa mère récupérer des trucs pour sa sœur et ça aurait mal tourné. Bref, les flics l'ont embarqué, il est en garde à vue.

Je repense immédiatement à hier soir. Mais pourquoi c'est lui qui finit chez les flics ? Pourquoi pas ce mec que côtoie sa mère ?

Je suis plongée dans ma réflexion quand Amy, semblant en avoir assez d'attendre que je réagisse, m'attrape par les épaules pour me secouer un peu.

— Hey, ho ! Ton mec est en taule. Tu bosses pour des avocats. Ça fait tilt dans ta tête ? Il serait peut-être temps de te bouger !

Je pourrais argumenter sur le terme de « ton mec », parce que sérieusement, j'ai des doutes depuis hier, mais elle a raison. Je peux faire quelque chose pour aider et je dois le faire. Tout de suite !

Courant au salon récupérer mon téléphone, je fais défiler ma liste de contacts avant d'appeler la personne qui pourra nous aider. Par chance, elle décroche quasi immédiatement.

— Salut, Stacy, j'ai besoin d'un service. Est-ce que tu pourrais nous rejoindre au commissariat de…

Merde ! Je n'ai aucune idée d'où est enfermé Ashton. Mon regard paniqué croise celui d'Amy, beaucoup plus calme.

— Bottom Beach, m'informe-t-elle.

— Le commissariat de Bottom Beach, répété-je.

Stacy me demande plus de détails et je lui raconte le peu que je sais. Quand je raccroche avec sa promesse d'être là-bas au plus vite, je suis soulagée.

— Bon, maintenant que l'avocat, c'est réglé, tu devrais te changer. Kole va bientôt arriver pour nous emmener là-bas.

Je ne sais absolument pas comment réagira Ashton quand il me verra, mais je file à toute vitesse dans ma chambre mettre un jean, ajouter un sweat à mon débardeur et enfiler mes Converse. De retour au salon, je fourre mon téléphone dans mon sac, attrape mes clés et nous partons, direction Bottom Beach.

CHAPITRE 19

Ashton

— Mason, t'es libre.

La voix de l'agent de police me ramène sur Terre. L'aiguille de la pendule accrochée au mur gris hors de ma cage m'indique que je suis là depuis presque cinq heures. Cinq heures à me demander comment les choses ont pu tourner ainsi. Me levant, je le suis. Ce n'est pas tant le fait d'avoir fini en prison qui m'inquiète, mais des répercussions que cela pourrait avoir sur Lycia. On me rend le sachet en plastique où mes affaires ont été stockées – lacets, téléphone, portefeuille… – avant de me raccompagner à l'accueil du commissariat. Là-bas m'attendent Hailey, Amy, Kole et une personne que je ne connais pas. Ils se sont tous levés en me voyant arriver. Nous sortons en silence du commissariat et c'est seulement une fois sur le trottoir que j'attrape la main de Hailey pour l'attirer dans mes bras. J'ai juste besoin de sentir son odeur.

— Qu'est-il arrivé ? Et tu as plutôt intérêt à tout me dire.

— Hailey, je…

Putain ! Je n'ai pas envie d'en parler ! Je n'en reviens toujours pas. Comment tout cela a-t-il pu se produire ? Soudain, je songe à ma sœur.

— Où est Lycia ?

— Ashton ! gronde ma petite amie. Crache le morceau ou on te remet là-dedans, me menace-t-elle en montrant le bâtiment que nous venons à peine de quitter.

— Qui c'est ? demandé-je en montrant l'inconnue du regard.

— Stacy, une avocate talentueuse. Ashton, que s'est-il passé ?

— Rien.

Elle souffle un bon coup, mais j'ai bien l'impression que ça ne la calme pas. Elle jette un regard à nos amis, qui semblent agacés.

— Merde, Ashton, tu fais chier ! J'ai couru ici pour sortir ton cul de ce merdier et tu me dis qu'il ne s'est rien passé ? C'est quoi ton putain de problème ?

Je dois retenir un sourire, non pas parce qu'elle m'amuse, mais parce que je la trouve terriblement sexy quand elle s'énerve. Son visage vire un peu au rouge et elle se retient de taper du pied. Pourtant, sa colère est justifiée.

— Tu as deux options. La première, tu me dis tout et on trouve une solution. La seconde, tu gardes tout pour toi et on ne se revoit plus jamais. À toi de choisir.

— C'est du chantage !

— Un couple ne fonctionne qu'avec de la communication. C'est à prendre ou à laisser, Ash.

Je suis bien forcé d'admettre que face à son argumentation, je ne peux qu'abdiquer. Je ne suis pas prêt à faire une croix sur elle, même si je la connais depuis peu de temps.

— D'accord... Mais pas ici, s'il te plaît.

La fameuse Stacy s'approche de nous et pose une main sur l'épaule de Hailey.

— Je crois qu'on sera mieux à l'abri des regards.

On ? Jamais je n'ai signé pour parler à quelqu'un d'autre que Hailey. Je ne veux pas qu'on se mêle de ça… Le regard que m'assène ma petite amie me cloue sur place. Il est menaçant et je comprends qu'il est temps pour moi de laisser des gens compétents s'occuper de cet enfoiré de Ron.

— OK. On va chez moi, finis-je par accepter dans un souffle de défaite.

Je n'ai pas le choix, nos amis et cette Stacy nous emboîtent le pas. Je noue mes doigts à ceux de Hailey. Durant tout le trajet qui nous ramène chez moi, je n'arrive pas à me détendre, car je sais que toutes ces conneries vont inévitablement engendrer des questions sur Lycia. Je ne veux pas raconter à sa place, c'est à elle de décider si on leur dit tout ou non. Ce salopard de Ron a osé me conseiller de bien veiller sur ma sœur. « On ne sait pas quel genre de sales types ils relâchent pour une belle petite liasse de billets ». Il m'a asséné cette phrase avec un sourire diabolique qui m'aurait presque fait pitié si je n'avais pas été submergé par mon envie de le démolir. « Je vais le tuer ! » C'est la seule phrase qui occupait mon esprit tandis que je le cognais sans relâche, bien longtemps après avoir senti les os de son nez craquer sous l'impact de mon poing.

— Ash, tu me fais mal, me murmure Hailey.

Je reviens à l'instant présent et relâche la pression sur sa main. Je n'avais pas remarqué que j'étais en train de la lui broyer.

— Excuse-moi…

— Lycia est chez toi, en sécurité, me précise-t-elle.

Je ne sais pas comment elle fait pour deviner ce qui me préoccupe, mais je suis soulagé. Ma seule inquiétude en cet instant est de savoir ma sœur seule chez moi. Que doit-elle penser ? J'espère qu'elle n'est pas en train de culpabiliser. Je ne supporterais pas qu'elle s'accuse pour les conneries que j'ai faites. J'ai hâte de la rejoindre, de la voir de mes propres yeux pour savoir dans quel état d'esprit elle se trouve actuellement.

Lorsque nous arrivons enfin chez moi, je n'attends même pas que Kole ait coupé le contact de sa voiture. J'ouvre la portière et sors comme si j'avais le diable à mes trousses. Comme je n'ai toujours pas lâché Hailey, je l'entraîne avec moi. Je la sens déséquilibrée, mais je n'arrive pas à ralentir. Je dois voir ma sœur. Même le son de la seconde voiture qui se gare derrière Kole ne me ralentit pas. Mon pote pourra montrer le chemin à l'avocate. Nous prenons les escaliers et, quand je pénètre dans mon appartement, ma sœur se lève et se précipite dans mes bras.

— Ashton !

Je vacille en arrière, mais parviens à reprendre de justesse mon équilibre pour ne pas m'étaler en entraînant Lycia avec moi. Je l'embrasse sur le crâne, la serre fort dans mes bras et lui murmure que je vais bien. Quand elle remarque que je ne suis pas seul, son regard bute sur Hailey. Elle plisse les yeux, prête à m'interroger, quand Kole, Amy et l'avocate font leur entrée. Je me décide à lui présenter tout ce petit monde :

— Voici Stacy, l'avocate qui est venue me tirer d'affaire. Ici, c'est Amy, une amie et ensuite, Hailey, ma…

Je souris comme un idiot, n'en revenant pas de ce que je m'apprête à dire.

— Ma petite amie.

Cette fois, les yeux de ma sœur sortent de leurs orbites.

— Attends, quoi ? me demande-t-elle comme si je venais de lui annoncer que des aliens avaient débarqué sur Terre. Tu peux répéter les derniers mots ?

Je la regarde droit dans les yeux, mon sourire niais toujours aux lèvres, et récupère la main de Hailey que j'avais dû lâcher en arrivant pour intercepter ma sœur. Quand enfin les mots percutent dans sa tête, elle se met à sourire largement avant d'éclater de rire et de lancer un « Oh putain, on va rire ! » Elle me pousse sur le côté pour aller serrer Hailey dans ses bras. Je l'entends lui murmurer : « Soit tu es courageuse, comme nana, soit t'es complètement timbrée ». Ma petite amie ne sait comment réagir sur le moment avant de se mettre à ricaner à son tour en lui rendant son accolade. C'est moi ou elles sont ouvertement en train de se foutre de ma gueule ? Je décide quand même d'intervenir en demandant à ma sœur de la laisser respirer. Lycia rit doucement et se recule, me laissant récupérer ma copine. C'est l'instant que choisit Marc pour sortir de ma cuisine une bière à la main.

— Putain, mec, qu'est-ce que tu fous chez moi ?

Ma question tient plus de la menace de le cogner s'il est là pour draguer ma sœur que de l'interrogation. Mon sang s'échauffe à nouveau. Je suis peut-être un peu trop protecteur, mais je n'y peux rien. J'ai besoin de temps pour digérer ce que Lycia a vécu et elle n'a pas besoin qu'un mec vienne graviter autour d'elle en ce moment. Et puis merde ! C'est mon meilleur ami, il n'a pas à s'approcher de ma sœur.

— Hey, tu te calmes ! me répond mon pote en levant les deux mains en signe de paix. J'suis juste venu m'assurer qu'elle allait bien pendant que les autres allaient te récupérer au poste. Ce n'est pas ma faute si t'as merdé.

C'est le moment que choisit Stacy pour se racler la gorge afin de se rappeler à notre bon souvenir.

Je regarde tout le monde autour de moi et réalise enfin la situation du moment. Ils ont sacrifié leur soirée pour ma sœur et moi. Ils sont tous là, et ils attendent. Je vais devoir tout leur raconter. Je ferme un instant les yeux pour échapper une courte seconde aux révélations qui vont devoir suivre. Je les rouvre subitement quand je me rends compte que Hailey est chez moi. Ce n'est pas ainsi que j'envisageais sa première visite à mon appartement. J'avais plutôt prévu une soirée romantique qui se serait finie entre les draps de mon lit – que j'aurais au préalable pris le temps de laver. Je lâche sa main pour enlacer sa taille et la coller contre moi. Je l'embrasse sur le front et respire son parfum. Il me calme, il me donne du courage. Enfin, j'invite tout le monde à s'installer au salon.

Je sais ce que l'avocate et tous les autres attendent. Je cherche mes mots, me demande ce que je peux révéler ou non. Mon regard croise celui de ma sœur. Je vois exactement à quel moment elle réalise à son tour ce qu'implique la présence d'une avocate ici. La panique s'empare de ses yeux, son corps se crispe, je la vois se mettre à trembler, elle commence à hyperventiler et je lis sa supplique muette de ne pas tout raconter. Je ne peux pas faire ça à ma sœur et pourtant, on doit tout raconter.

— Il y a quelques jours, ma mère a mis son mec à la porte. Ça faisait un moment qu'ils sortaient ensemble et qu'il avait emménagé. Quand il est revenu le soir, complètement bourré, et que ma mère s'est montrée ferme dans sa décision, il l'a cognée.

J'entends le hoquet de surprise de Hailey à mes côtés, mais je continue sur ma lancée.

— Il a fallu appeler la police, ce soir-là. Ils l'ont embarqué et il a été incarcéré. Il est sorti de taule hier et est directement retourné chez ma mère qui, cette fois, l'a laissé entrer de son plein gré. Ma sœur a foutu le camp et est venue ici. Cet après-midi, j'ai annulé mes rendez-vous au salon pour aller là-bas récupérer ses affaires afin qu'elle s'installe chez moi. Il était là, ça a dégénéré et c'est moi que les flics ont coffré.

— Quel âge avez-vous ?

Comme j'ai le regard baissé, je crois un instant qu'elle me pose la question. Je relève subitement la tête quand c'est ma sœur qui répond.

— Dix-huit ans.

— Et qu'est-ce que vous ne me dites pas, tous les deux ?

À nouveau, ma sœur panique. J'ai accepté de garder sous silence ce que ce connard lui a fait. Il est hors de question que je la trahisse. Je préfère écoper d'une peine de prison plutôt que de lui faire défaut. J'ai le regard déterminé et j'essaie silencieusement de faire comprendre à ma sœur qu'elle peut me

faire confiance, que je ne dirai rien, quoi qu'il m'en coûte. Et finalement, c'est elle qui lâche la bombe.
— Il m'a violée.

CHAPITRE 20

Hailey

*P*utain de bordel de cul de merde ! Voilà pourquoi Ashton a fini en prison ! Ce n'est pas une simple histoire d'incompatibilité d'humeur avec le mec de sa mère. Ce n'est pas juste l'histoire d'un mec qui a tapé sur la femme avec qui il vit – ce qui en soi est déjà condamnable. Non, cet enfoiré a fait bien plus que cela.

La pièce est devenue totalement silencieuse après l'aveu de Lycia. Des larmes coulent le long de ses joues, elle n'ose plus regarder qui que ce soit, comme si la honte l'envahissait. Tous les hommes de la pièce sont crispés, comme prêts au combat. Marc, qui est installé juste à côté de Lycia dans le canapé, a glissé une main derrière elle, et si j'en crois les mouvements infimes de son avant-bras, il est en train de lui caresser le bas du dos dans un geste de réconfort qu'elle semble accepter malgré ce qu'elle a récemment subi. Merde, il reste à espérer qu'Ashton ne s'en rende pas compte, du moins pas tout de suite.

Mais de toute façon, il est beaucoup trop concentré sur le visage de sa sœur et son contrôle de lui-même pour se rendre compte du reste. Je crois qu'une bombe exploserait dans la pièce à côté qu'il ne le remarquerait même pas.

Stacy, quant à elle, semble vouloir poser d'autres questions. D'un vague signe de tête, je l'en dissuade. À la place, elle se lève et demande à Ashton et Lycia de venir la voir au cabinet demain matin.

Comme si elle avait sonné le départ, Amy et Kole se lèvent à leur tour. Marc, lui, s'isole un instant avec Lycia pour s'assurer qu'elle tient le coup, qu'il peut s'en aller.

Moi, je ne bouge pas. Hors de question de les laisser, ils ont besoin de moi.

— Tu veux que je demande à Marc de te raccompagner ?

Ah oui, j'avais oublié la fâcheuse tendance qu'a mon mec à vouloir se débarrasser de moi.

— Je préférerais rester ici, cette nuit.

— Je ne suis pas certain que ce soit une bonne idée.

Je le fusille immédiatement du regard. A-t-il déjà oublié ce que je lui ai dit à sa sortie de prison ?

Il souffle en se passant les deux mains dans les cheveux, le regard exaspéré.

— Ma sœur dort dans ma chambre, moi, j'ai pris le canapé. Tu peux me dire où tu vas te mettre ?

Effectivement, de suite, cela complique les choses. Mais je n'ai pas envie de partir. Je veux pouvoir être là pour lui, et éventuellement aussi pour sa sœur si elle en éprouve le besoin.

— OK, demande à Marc de me raccompagner, finis-je tout de même par répondre pour être conciliante.

J'entends Ashton marmonner quelque chose que je ne comprends absolument pas. Il va ensuite retrouver son ami alors que je reste au salon, ne sachant pas si je dois le suivre. Quand j'entends mon copain crier, je me rue à la cuisine pour rejoindre le petit groupe. Lycia écarquille les yeux quand son frère empoigne Marc.

— Ma sœur annonce qu'un salopard de première a abusé d'elle, et toi, tu te permets de poser tes sales pattes sur elle ?

Qu'est-ce que je t'avais dit ? Ma sœur est intouchable, même pour toi !

— Ashton, arrête, c'était pas ce que tu crois ! tente de le raisonner sa sœur.

Il tient toujours son pote au col et le fixe, menaçant. Je vois Lycia blêmir et les larmes que Marc avait sans doute réussi à lui sécher reviennent noyer son si beau visage. Je n'y tiens plus et me précipite vers elle pour lui prêter une épaule sur laquelle pleurer. Quel imbécile ! Son ami ne faisait que s'assurer que sa sœur allait bien. Lycia se laisse aller dans mes bras et me demande de faire quelque chose.

— Ash ! Toi et moi, dans le salon ! grondé-je d'une voix menaçante. Maintenant !

Il ne me répond pas mais au moins, il lâche Marc et lui demande de dégager de chez lui.

— Ashton Mason, tu la fermes et tu me suis !

C'est pas possible ce qu'il peut être con quand il s'y met ! Je comprends maintenant pourquoi Lycia m'a murmuré que je devais être cinglée pour supporter son frère. Marc garde ses distances le temps que nous sortions de la pièce. Je claque la porte de la cuisine et quand Ashton se retourne pour me faire face, je bouillonne.

— Il te manque combien de neurones, Ashton ?
— Il pelotait ma sœur.
— Seigneur ! Ta sœur est grande, tu n'as pas à lui dicter sa vie, tu n'es pas son père !

Son regard s'assombrit et je me souviens trop tard que leur père n'est plus là. Je me sens mal à l'aise. Je viens de commettre une grosse boulette.

— Non, mais je suis l'homme de la famille depuis qu'il est mort ! On ne touche pas à ma sœur ! Marc est trop vieux pour elle ! Bon sang, il a dix ans de plus !
— Il la consolait !

Nous sommes tous les deux en train de crier, c'est un peu à celui qui arrivera à atteindre le plus haut niveau de décibels pour se faire entendre. Sans lui laisser le temps de reprendre la parole, j'enchaîne :

— Il avait réussi à sécher ses larmes, et toi, tu as fait pleurer ta petite sœur en t'en prenant à quelqu'un qu'elle apprécie. Tu veux une médaille et qu'on se prosterne à tes pieds pour ton manque cruel de discernement ? Tu sais quoi ? Tu avais raison, il vaut mieux que je rentre chez moi, ce soir, parce que je ne supporte pas de te voir te comporter comme ça. Lycia est une adulte, elle est capable de faire ses propres choix, ses propres erreurs. Elle n'a pas besoin que tu te mettes entre elle et le reste du monde. Et jusqu'à preuve du contraire, Marc n'a fait que lui apporter son soutien et ce n'est pas lui qui a abusé d'elle !

Ses yeux s'arrondissent et je décèle une vive colère s'emparer de lui. Il me pointe du doigt et je recule sous l'effet de surprise.

— Sors d'ici !

— Avec plaisir !

Je vais prendre mes affaires et avertir Lycia que je m'en vais. Je lui donne mon numéro de portable et lui apprends que je suis joignable à n'importe quelle heure si elle a besoin d'une présence féminine. Marc l'embrasse sur la tempe et m'emboîte le pas. Il veut serrer la main d'Ashton. Ce dernier regarde devant lui en nous ignorant. Folle de rage, j'ouvre la porte et lui lance :

— Au fait, Ash ?

Il tourne son regard furieux vers moi.

— Quand t'as décidé de tenter ta chance avec moi, tu n'avais pas l'air de t'en faire que j'aie six ans de moins que toi... Par contre, quand il s'agit de ta sœur, c'est un drame !

Je ne lui donne pas le temps de réagir, je descends déjà les escaliers, retenant mes larmes de colère. C'est un imbécile ! Je lui sors le cul de la merde et il me remercie en me foutant dehors parce que je défends sa petite sœur. J'entends les pas de Marc se rapprocher. Il ne dit rien, mais à son regard, je comprends qu'il est désolé.

Dans la voiture, il me demande si ça va. Je me contente de hausser les épaules.

— Pardonne-moi, Hailey.

— Pour quoi ?

— C'est de ma faute si Ash t'a foutue dehors.

— Arrête tes conneries, Marc. Tu as pris soin de Lycia toute la journée et cet imbécile n'est pas foutu de te faire confiance !

Marc fixe la route d'un air ennuyé. Surprise, je l'observe.

— Marc… ?

— Ouais ? demande-t-il, tout à coup tendu.

— Il n'y a rien entre vous, hein ?

— Non !

Il a répondu trop vite et en a bien conscience. Pourtant, je ne dis rien, ce ne sont plus mes affaires. Le silence pesant revient et Marc est de plus en plus nerveux. Il met la radio et n'ose plus me regarder, comme s'il avait peur de ce que je pourrais lui dire.

Quand nous arrivons devant chez moi, je le remercie et m'apprête à sortir. Il me retient par la main.

— D'accord, Hailey, je… Il ne se passe rien entre Lycia et moi, pour l'instant.

— Pour… l'instant ? Qu'est-ce que ça veut dire ?

— Ashton me tuerait, tu as bien vu sa réaction ce soir, alors que j'avais aucune arrière-pensée ! Avec Lycia, il y a toujours eu une petite connexion, mais ça n'a jamais été plus loin qu'une simple amitié, même si parfois, c'était un peu ambigu, je l'admets. Mais savoir ce que ce type lui a infligé, je ne peux pas rester là sans réagir. Et…

— Stop ! Arrête. Jusqu'à aujourd'hui, j'étais sa petite amie, mais maintenant, je ne suis plus rien. Tu ne me dois aucune explication.

Il relâche ma main qu'il tenait toujours et acquiesce silencieusement. Je sors de la voiture, le cœur battant. Bon sang ! Quelle soirée !

CHAPITRE 21

ASHTON

— Et tu la laisses partir ?

Ma sœur m'observe avec pitié. Mais ce n'est pas de la pitié compatissante, c'est plutôt comme si elle avait honte de m'avoir pour frère.

— T'es vraiment le dernier des imbéciles !

Elle me laisse sans dire un mot de plus en claquant au passage la porte de ma chambre. Je m'allonge sur le canapé avec une forte envie de clope, mais je tente de résister. J'ai beau retourner cent fois la scène dans ma tête, j'ai du mal à comprendre. De quoi se mêle Hailey, après tout ? Ce n'est pas elle qui a récupéré Lycia juste après que cet enfoiré est revenu. J'ai toujours protégé ma sœur et ça ne changera pas. J'ai été clair avec mes potes dès qu'elle a commencé à changer, quand la petite fille a laissé la place à une jeune femme pleine de charme. Elle a toujours été très en avance par rapport aux filles de son âge. Ils savent qu'elle est intouchable. Ils n'ont pas le droit de l'imaginer comme une conquête, encore moins qu'elle le devienne. Putain ! De tous, c'était à Marc que je faisais le plus confiance !

Je me retourne dans tous les sens sans parvenir à trouver le sommeil. Finalement, je reprends mon téléphone et ouvre instinctivement Messenger ainsi que la conversation avec Hailey. Bon sang ! Je crois qu'à part merder, je n'ai rien su faire avec elle ! Notre dispute a sonné comme une rupture et je me rends compte maintenant qu'elle voulait juste que je laisse ma sœur respirer. Mais ça ne change rien, le mal a été fait. Je lui avais demandé de se tenir à l'écart et malgré tout, elle s'est mêlée de ce qui ne la regardait pas. Au simple fait de repenser à mon pote et ma sœur dans la cuisine, la fureur se ravive. J'entends à nouveau Hailey me dire que je suis un connard pour réagir ainsi. Dans un élan de colère, je lui laisse un dernier message.

Ashton
Oublie mon nom, ça vaut
mieux pour nous deux.

À l'instant où je l'envoie, je le regrette déjà. De rage, je balance mon portable à l'autre bout de la pièce. Vu la puissance de mon geste, je ne pense pas que l'appareil survivra à son atterrissage fracassant contre le mur.

Me prenant la tête entre les mains, j'essaie de comprendre quand les choses ont viré au cauchemar. J'ai perdu la maîtrise sur tout. J'ai une plainte contre moi, je perds ma petite amie, un de mes meilleurs amis tente de se taper ma sœur. J'ai l'impression d'être dans un monde parallèle. J'aimerais revenir comme avant. Ma sœur tranquillement chez ma mère, en sécurité, avant qu'elle rencontre Ron. Moi dans mon salon à succès et mes soirées entre potes, les nuits avec des filles différentes dont je ne retenais jamais le nom.

Malheureusement, le monde est ce qu'il est, pour le moment, je ne peux gérer qu'une chose à la fois et ma priorité, c'est Lycia. Tant pis pour mes amis, pour Hailey. Je n'ai pas de temps à leur accorder. Je dois me concentrer sur ma sœur.

M'asseyant sur le canapé, je continue de réfléchir, je tente de mettre au point un plan de bataille pour la suite quand des bruits étouffés me parviennent. Je relève la tête pour regarder la porte de ma chambre. Celle que ma sœur m'a claquée au nez et derrière laquelle, visiblement, elle verse toutes les larmes de son corps. Mais pour quoi ou pour qui les verse-t-elle exactement ? Je suis incapable de répondre à cette question. Ou tout du moins, je refuse d'y répondre, car je me sens incapable d'admettre que je suis la cause d'au moins une partie d'entre elles.

Ne supportant pas d'entendre sa détresse, je finis par me lever et aller toquer à la porte. Les bruits cessent immédiatement, mais elle ne me répond pas.

— Allez, Lyc', j'suis désolé d'être un con. Ouvre la porte.

Toujours aucune réponse. J'essaie de l'ouvrir, mais elle l'a fermée à clé. Impossible de la rejoindre.

— Lyc', ouvre. Il faut que tu manges, je vais commander des pizzas.

— Je n'ai pas faim. Bonne nuit, Ashton.

Merde ! Là, c'est dur à encaisser. Je ne bouge pas durant un long moment avant de finir par comprendre qu'elle ne changera pas d'avis. Elle n'ouvrira pas.

Alors, las de toute cette situation, je chope mes clés et pars de l'appartement. Je me hasarde dans les rues de mon quartier, ne sachant pas trop où aller mais ne souhaitant absolument rentrer chez moi. Passant devant une pizzeria, je me souviens que je n'ai pas mangé depuis le matin. Tâtant mon pantalon pour m'assurer de la présence de mon portefeuille, j'entre et commande une « orientale » avec une Bud et m'installe à une table, seul. C'est un peu triste comme situation.

À peine ma pizza terminée, je quitte le restaurant à la recherche d'un bar où me poser. Je trouve mon bonheur *Chez Jo*. Situé à quelques centaines de mètres de mon appartement, je n'aurai aucun mal à rentrer chez moi même si je finis complètement bourré.

Je ne suis pas un habitué des lieux, je viens de temps en temps, mais guère plus de deux fois par mois, et toujours avec mes amis. Je crois que je ne suis jamais venu seul ici depuis que j'ai emménagé dans le quartier. Alors, pour la première fois, je m'assois au comptoir. Jo est derrière, toujours égal à lui-même, il est l'archétype du barman qu'on voit dans les films où le bar est le coin glauque de la ville : grand, musclé, tatoué, regard taciturne. Ce mec a tout pour plaire. Je le salue rapidement en lui demandant de me servir un whisky sec.

Je suis plongé dans mes pensées quand quelqu'un s'installe sur la chaise à côté de moi. Dans ma position, je ne vois guère plus qu'une magnifique paire de jambes chaussées d'escarpins à faire bander n'importe quel mec qui s'imaginerait baiser cette fille uniquement vêtue de ces chaussures. Je remonte un peu le regard. Jupe ultra-courte, je suis certain que si je faisais un effort, je pourrais voir le peu qu'elle cache. Je remonte un peu plus le regard pour découvrir une poitrine bien bombée mise en valeur par un chemisier bien ajusté. À ce stade, je suis déjà à l'étroit dans mon jean. Et enfin, encore plus haut… La douche froide…

— Putain, qu'est-ce que tu fous là, Emma ? grogné-je en vidant cul sec le reste de mon verre.

Je fais signe à Jo de m'en resservir un et n'écoute même pas sa réponse. J'avale à nouveau cul sec avant que Jo s'éloigne. Il me sert un troisième verre mais commence à froncer les sourcils. Je ne l'ai pas habitué à me bourrer dans son bar. J'ai presque réussi à oublier Emma lorsqu'elle pose sa main sur ma cuisse. Je la fusille du regard pour qu'elle l'ôte de là, mais je ne lui fais absolument pas peur. Au contraire, sa main remonte un peu plus.

— Tu m'offres un verre ?

Dans un soupir exaspéré, je retire sa main de ma jambe et fais signe à Jo de la servir. Et c'est à ce moment qu'elle se met à jacasser. Elle me raconte sa vie depuis qu'Arnaud l'a quittée pour une autre. À un moment de la conversation, je ne peux pas m'empêcher de ricaner, parce que… bordel… ses ennuis affectifs sont tellement loin de ceux que j'ai ! Elle m'horripile et pourtant, je continue de l'écouter, allez savoir pourquoi. Une punition que je m'inflige pour mon comportement d'aujourd'hui ? Peut-être bien.

Je ne sais même plus combien de verres on s'est enfilés quand elle pose à nouveau sa main sur ma cuisse. Je suis assez bourré pour n'en avoir rien à foutre, alors je la laisse faire. Elle me caresse à travers le jean et se rapproche dangereusement de ma braguette. Je serais un gros menteur si je disais qu'en cet instant, elle ne me fait aucun effet. Sérieux, j'suis bourré et j'suis un mec, j'suis génétiquement programmé pour réagir à ce type de provocation. Quand elle s'approche de mon oreille pour m'inviter à aller dehors afin de continuer la « conversation », je jette un billet sur le bar, glisse ma main autour de sa taille, et nous sortons. Je l'entraîne dans le premier coin sombre que je repère pour m'emparer voracement de sa bouche tandis qu'elle déboutonne déjà mon pantalon. Aucun sentiment là-dedans. Juste une envie de sexe.

On est bien partis pour aller plus loin, sa main est déjà dans mon boxer, quand elle gémit. Ce gémissement me ramène dans le passé – à l'époque de notre relation – et je prends conscience de la connerie que je suis en train de faire.

Sans me préoccuper un seul instant de son équilibre ou du fait qu'elle pourrait me faire mal du fait qu'elle tient mon érection dans sa main, je la relâche et me recule comme si je venais de voir un être immonde. Mais l'être immonde, ici, ce soir, c'est moi.

Incapable de la regarder, je reboutonne mon jean, m'excuse et me barre.

Putain, Ashton, il est temps de rentrer dormir avant de faire des conneries que tu regretteras demain !

CHAPITRE 22

HAILEY

Amy a passé une bonne partie de la nuit chez moi. Je n'étais que l'ombre de moi-même. Notre rupture m'affecte plus que je ne veux l'admettre. Je n'en reviens pas qu'il m'ait fichue à la porte. Ce mec n'est qu'un hypocrite ! Notre différence d'âge est à peine moins élevée que celle qui sépare Lycia et Marc. Quand il me voulait dans son lit, il ne s'est pas inquiété de ce petit détail. Je suis même sûre qu'il ne s'en foutait pas mal de mon âge tant que j'avais des seins.

J'ai une forte envie de me faire porter pâle ce matin, mais j'ai trop de boulot, et mon patron m'a encore à l'œil, alors je me résigne à y aller. La fatigue ne m'aide pas à me motiver, j'ai plutôt envie de creuser un trou et d'y rester jusqu'à ce que quelqu'un finisse par s'inquiéter de ne pas me voir arriver. De plus, Ashton doit passer au cabinet avec sa sœur. Ils ont rendez-vous avec Stacy. Je gémis de frustration, il va falloir que je m'enferme dans mon bureau pour ne pas le voir.

J'ai envie d'un bon café, mais il est presque neuf heures et il va arriver dans quelques minutes. Avec la chance que j'ai, je risque fort de tomber face à lui. J'ai pris soin de fermer ma porte et le petit store sur la partie vitrée. Je suis plongée dans mon travail lorsque la stagiaire frappe et glisse la tête à l'intérieur pour me prévenir que le patron souhaite que je me rende dans son bureau. Je regarde l'heure et grimace, il n'est que dix heures. Je me lève, lisse mon tailleur et me rends vers mon patron. Il me montre la chaise et je m'installe.

— Hailey, le comptable m'a contacté. Il s'avère qu'il vous reste deux semaines de congé à prendre. Si vous ne les posez pas rapidement, ils seront perdus.

Il me convoque uniquement pour cela ? Je n'ai franchement pas la tête à avoir deux semaines de vacances, mais j'acquiesce.

— Bien sûr.

— Parfait ! On dit les deux prochaines semaines, m'annonce-t-il comme si nous venions de trouver ensemble un accord.

— Euh… Je peux vous redire ça cet après-midi ?

— Avant seize heures.

— Très bien. Il y a autre chose ?

Il secoue la tête.

— Vous pouvez retourner travailler, merci.

Je sors de son bureau, dépitée. Comme si ça n'aurait pas pu attendre un autre moment ! Tant que j'y suis, j'en profite pour aller me faire couler un café avant de reprendre le travail. Je regarde mes pieds et suis perdue dans mes pensées quand je percute un torse musclé. Je relève les yeux, m'apprêtant à m'excuser, quand je reconnais le propriétaire de ce corps. Je déglutis péniblement, sentant mon cœur battre un peu plus vite. Il a ce regard pour lequel je serais capable de passer l'éponge. Il fait peur à voir. On dirait que je ne suis pas la seule à avoir mal dormi.

— Salut, souffle doucement Lycia.

Je cligne plusieurs fois des yeux, salue sa sœur poliment. Quant à Ashton, il semble tendu et regarde droit devant lui. Je comprends qu'il espérait lui aussi que l'on ne se croise pas. Je sens une vive douleur se réveiller dans ma poitrine, comme si une lame s'enfonçait dans mon cœur et qu'un lutin mal luné s'amusait à la tourner dans tous les sens afin de s'assurer que ça détruise tout ce qui se trouve à proximité.

Soudain, mon ventre se tord, provoquant une vive douleur. Oh non ! Je crois que je vais vomir. Je n'ai rien le temps de dire que je me précipite aux WC. Alors que Lycia s'inquiète, je n'ai pas l'impression qu'Ashton émette une seule réaction. J'arrive tout juste au lavabo avant de vomir mon petit-déjeuner. La porte s'ouvre sur Lycia, qui se précipite vers moi pour tenir mes cheveux en l'air. J'aimerais la remercier mais une nouvelle vague arrive. Je tremble de tout mon corps et commence à grelotter. Quand il me semble que je ne vais plus rien rendre, je m'adosse au mur et me laisse glisser contre celui-ci en reprenant mon souffle. J'appuie ma tête contre le carrelage froid et lâche les vannes. Lycia s'approche de moi et s'accroupit.

— Hailey ?

— Je suis désolée, Lycia.

— Pour quoi ? Je ne comprends pas.

— Désolée pour ce qui t'est arrivé et désolée que tu aies un frère si stupide. Si tu aimes Marc, tu devrais vivre ta vie.

Elle sourit doucement.

— Je suis désolée qu'il se soit comporté comme un idiot avec toi. Tu sais, il est sorti hier soir et il est rentré ivre. Je crois que t'avoir perdue le touche plus qu'il ne veut le montrer.

Je secoue la tête, je n'ai pas envie d'entendre ce genre de phrase.

— Merci, Lycia, mais je crois qu'on s'est tout dit, avec ton frère.

— C'est dommage, tu as l'air d'être une fille bien, tout le contraire de son ex.

— Tu ferais mieux d'aller le rejoindre. Merci d'être venue et j'espère que Stacy saura vous défendre convenablement.

Lycia semble hésiter un instant. Elle se dandine d'un pied à l'autre.

— Est-ce que... Tu... Ta proposition d'hier, pour que je t'appelle si j'ai besoin...
— Elle tient toujours, Lycia.

Je ne sais combien de temps je reste assise par terre dans les toilettes avant de regagner mon bureau. C'est l'arrivée d'une collègue qui me pousse à me secouer. N'ayant envie de voir personne ni même de manger, je file directement à mon bureau et m'attelle au travail sans compter les heures, au point que nous sommes déjà très avancés dans la soirée lorsque je décide enfin de rentrer chez moi.

Je traîne des pieds dans la cage d'escalier de mon immeuble. Normalement, quand je ne me sens pas bien, je vais directement chez Amy pour l'entendre me dire que tout finira par s'arranger. Ce soir, c'est elle qui m'attend sur une marche d'escalier. Elle se lève lorsqu'elle m'aperçoit.

— Tu rentres tard, ce soir.

Je hausse les épaules et marmonne que j'avais beaucoup de travail.

— Marc a tout raconté à Kole. Tu veux entrer une minute ? J'ai de la glace, dit-elle pour me convaincre.

— Je peux aller prendre une douche ?

— Attends une seconde. Je monte avec toi et emporte la glace.

Elle se précipite chez elle et revient deux minutes plus tard, armée du pot à la vanille. Nous montons à l'étage. Elle s'installe sur mon canapé et allume mon ordinateur pour y chercher un film pendant que je vais me doucher.

Sous le jet brûlant de l'eau, je laisse de nouvelles larmes s'écouler. Je ne veux pas pleurer devant Amy, alors j'ai cinq minutes pour vider les vannes.

En sortant de la salle de bains, j'enfile un jogging et un tee-shirt. Bon sang, juste ça, ça me rappelle notre soirée vidéo avec Ashton. Comment ce mec a-t-il pu s'incruster si profondément dans ma peau ?

Je m'apprête à sortir de ma chambre quand je repense à la nuit dernière. Dans un mouvement d'humeur, j'arrache tous les draps de mon lit, en installe des propres et file mettre les autres dans la machine à laver.

De retour au salon, j'ai un temps d'arrêt.

— Écoute, Amy, je n'ai pas très envie de regarder un film, ce soir.

Le doigt suspendu au-dessus du clavier de mon ordinateur portable, elle détourne son regard de l'écran pour le fixer sur moi.

— Tu ne veux pas ? Mais tu visionnes toujours une comédie niaise quand tu n'as pas le moral.

— Oui, eh bien, ce soir, je n'ai pas envie. Je pensais plutôt faire ma lessive et aller me coucher. Les prochains jours vont être chargés pour moi. Je dois finir tout mon travail de recherche avant mes congés.

— Des congés ? Quels congés ? Pourquoi je ne suis pas au courant ?

— Peut-être parce que le monde ne tourne pas autour de toi ! finis-je par m'énerver. Écoute, ajouté-je d'un ton plus modéré, je suis touchée que tu sois inquiète pour moi, mais je vais bien, j'ai juste besoin d'être un peu seule. S'il te plaît.

Sans un mot, elle se lève du canapé et sort de mon appartement. Super, maintenant, en prime, Amy va me faire la gueule ! Mais tant pis. Dans l'immédiat, la situation me convient.

CHAPITRE 23

ASHTON

Lycia ne m'a pas adressé la parole de la semaine. L'ambiance au salon a été exécrable. Avec Marc, la situation est tendue. Il m'en veut toujours pour mon comportement de l'autre soir et n'est pas près de me pardonner. Que ce soit ma façon d'appréhender une potentielle relation entre lui et ma sœur, mais aussi la manière dont je me suis conduit avec Hailey.

Pour cette dernière, la culpabilité me ronge chaque jour un peu plus. Je me suis racheté un téléphone portable tout de suite après notre rendez-vous avec l'avocate, mais j'ai perdu une grande partie de mes contacts et elle m'a bloqué sur *Facebook*. Je n'ai aucun moyen de la contacter à moins d'aller la supplier à genoux devant chez elle de me pardonner. Suis-je prêt à le faire ? Pas dans l'immédiat. J'ai trop de merdes à gérer, je suis persuadé que je ferais encore tout foirer avec elle à la moindre contrariété. C'est dur, parfois, d'essayer d'être le mec qu'il faut, et pour le moment, je ne le suis pas.

Nous sommes vendredi soir, Lycia est partie il y a une demi-heure sans me dire où elle allait ni avec qui. Je n'ai pas osé lui poser la moindre question de peur d'envenimer un peu plus notre relation. De mon côté, je me refuse à quitter mon appartement, craignant de me retrouver dans la même situation que l'autre soir. Je crains de croiser à nouveau Emma. Elle semble bien déterminée à me récupérer maintenant que son amant – avec qui elle m'a trompé – s'est barré avec une autre. Nul doute qu'elle ne le fait pas pour moi, mais plus pour son amour-propre, qui en a pris un coup.

Alors que je suis installé dans mon canapé, bière à la main, m'apprêtant à passer ma soirée à zapper sur mon téléviseur pour me changer les idées, quelqu'un frappe à grand renfort de coups sur ma porte. Évidemment, quand vous avez envie d'être seul, faut toujours qu'un blaireau se pointe à l'improviste. Je n'ai même pas le temps de lever mon cul que la porte s'ouvre. Et le blaireau du soir se prénomme Kole – évidemment ! Il ne me demande pas mon avis lorsqu'il s'installe à côté de moi sur mon canapé. Heureusement pour lui, il a eu la bonne idée de ne pas débarquer les mains vides.

— Je t'en prie, fais comme chez toi, maugréé-je dans ma barbe.

— J'y compte bien, me répond-il en posant son pack de bière sur ma table de salon.

— Sérieux, qu'est-ce que tu fous ici ? Amy n'était pas là ?

Il secoue la tête, décapsule une bière, puis me lâche innocemment.

— Non, elle voyait Hailey, ce soir.

— Évite de prononcer ce prénom ici.

Il ricane.

— Paraît que t'as sacrément merdé, l'autre soir, juste après notre départ.

— Si t'es venu pour me briser les couilles, tu peux me laisser tes bières et te casser ! Elles seront toujours de meilleure compagnie que toi, mon pote.

Il lève les mains en signe de reddition sans ajouter quoi que ce soit. Nous buvons nos bières en silence en regardant un match de foot. Rien de tel qu'une bière et du sport à la télé pour détendre un homme.

Lorsque je me décide enfin à l'ouvrir pour rompre le silence, le pack est déjà bien entamé.

— Marc s'intéresse à Lycia.

— Je sais, me répond-il simplement.

Le silence revient. Comment ça, « je sais » ? Et ? Mais il ne semble pas vouloir s'expliquer plus que ça.

Quelques gorgées de plus et c'est encore moi qui romps le silence. Cet enfoiré sait comment me faire parler !

— J'ai merdé avec Hailey aussi, et j'ai failli coucher avec Emma.

Cette fois, j'ai capté son attention.

— Attends, tu peux répéter ?

— Parce que t'es devenu sourd, connard ?

— Comment t'as fait pour te retrouver assez proche d'Emma pour avoir « failli coucher avec » ?

— J'suis allé Chez Jo, elle est arrivée, j'étais bourré et voilà.

— Comment ça « et voilà » ? Et Hailey dans tout ça ?

— Putain, j'étais furieux, bourré et je venais de quitter Hailey. Je ne réfléchissais pas.

— Ça, c'est certain ! Tu comptes faire quoi, maintenant ? On doit s'attendre à voir Emma revenir dans le paysage ?

— Mais merde, non ! J'ai failli, putain ! Je suis revenu à la réalité à temps et j'l'ai plantée. J'voulais pas faire ça. Putain, Kole, j'suis complètement paumé ! J'ai trop de trucs d'un coup !

Les coudes posés sur mes genoux, je laisse ma tête retomber en signe de défaite.

— Hey, l'important, c'est que tu te sois arrêté à temps. Mais si tu comptes revoir Hailey, il faudra le lui dire.

— Je sais, mec. J'attends juste le bon moment. Elle m'a bloqué sur Facebook et je n'ai plus son numéro depuis que j'ai explosé mon portable. Il faut juste attendre que j'aie les couilles d'aller la voir.

Prenant les dernières bières du pack, j'en tends une à Kole et me rencogne dans le canapé, regard rivé sur le téléviseur. Ça m'a fait du bien de dire à voix haute ce que je ressasse depuis des jours. Mais jamais je ne le lui avouerais. Il le sait, je le sais, et ça nous convient.

Le match vient à peine de se terminer quand le téléphone de Kole sonne. Il jette un bref regard à l'écran avant de froncer les sourcils en se redressant. Je ne sais pas qui lui a envoyé un SMS, mais il semble préoccupé et tape frénétiquement une réponse. Son interlocuteur lui renvoie un message immédiat et l'inquiétude prend définitivement place sur le visage de mon ami.

— Mets tes pompes, on sort, dit-il en se levant du canapé.
— Et pour aller où ? J'ai pas forcément envie de sortir, ce soir.
— C'est Hailey, elle est en train de s'attirer des ennuis. Amy me demande de venir les chercher.
— Fais chier ! réponds-je en me levant à mon tour.
— Hey, si elle merde, c'est en partie de ta faute, alors assume et bouge ton cul !

Je réitère, mais silencieusement, cette fois : fais chier !

Je ne suis pas prêt à la revoir. Mais je ne suis pas prêt non plus à la laisser faire n'importe quoi. Je ne veux pas qu'elle regrette ensuite son comportement. Une fois sur le trottoir, nous hélons un taxi et Kole indique l'adresse au chauffeur. Finalement, boire autant de bière était sans aucun doute une idée de merde.

Quarante-deux minutes plus tard, nous arrivons devant ce qui semble être une boîte de nuit. Putain, Hailey, qu'est-ce que tu as fait ? Kole paie la course et nous entrons sans peine dans le bâtiment. Mon pote prend son téléphone et écrit à Amy que nous sommes arrivés. Elle lui répond en quelques secondes, nous indiquant qu'elles se trouvent près de la cabine du DJ. Nous n'attendons pas une seconde de plus et allons les retrouver.

CHAPITRE 24

HAILEY

*V*endredi soir. Je suis en vacances. J'ai passé la semaine à me morfondre, à refuser les appels et messages d'Amy, à refuser de lui ouvrir ma porte. J'ai rejoué notre dernière soirée un nombre incalculable de fois pour savoir si j'aurais dû agir autrement à un moment donné ou à un autre. Mais non. Je suis sereine avec moi-même, je n'arrive simplement pas à accepter les conséquences que cela a eue. Et puis, aujourd'hui, j'ai dû fermer la porte de mon bureau pour les quinze prochains jours. Je me suis un long moment regardée dans le miroir de l'ascenseur qui m'amenait au bas de l'immeuble, cet immeuble dans lequel j'ai passé tant d'heures à tenter d'oublier en me plongeant dans le travail. Je me suis vue, déprimée, visage éteint, cheveux ternes, yeux vides. Cela a été un électrochoc pour moi. J'étais en train de me pourrir la vie pour une relation qui avait à peine débuté, qui n'avait pas été plus loin que quelques baisers et caresses. Je ne me reconnaissais pas, je n'avais jamais été cette personne et je refusais de le rester.

Alors, je suis rentrée chez moi, pleine de détermination. Avant de sauter dans la douche, j'ai envoyé un SMS à Amy.

> **Hailey**
> Toi, moi, ce soir, on
> s'amuse. Et pas de mecs...

Et maintenant, je suis là, devant un nouveau miroir, à ajuster ma tenue, à me demander si cela convient alors que mon amie tente par tous les moyens de me faire changer d'avis.

— Amy, l'interromps-je dans un énième discours où il n'est pas raisonnable de sortir. Soit tu viens, soit tu retournes chez toi. Moi, en tout cas, je sors, avec ou sans toi.

Et je tire un peu plus sur mon haut pour accentuer mon décolleté.

— Hum, tu ne crois pas que ton haut est un peu trop... échancré ? me demande mon amie en hésitant sur le dernier mot.

Je suis sûre qu'elle a peur de moi, en cet instant. C'est assez jouissif comme pouvoir. Faire peur aux gens, ça ne m'était jamais arrivé.

— Aujourd'hui, j'ai décidé d'appliquer ton précepte « pas de seins, pas de copain ». Alors, on va mettre ces bébés en avant et passer une bonne soirée, et une très bonne nuit.

Sans tenir compte un seul instant de son air choqué, je sors de ma chambre et file enfiler mes sandales. Presque dix centimètres de talons, pas certaine de les garder toute la soirée, mais j'm'en fous, avec, je me sens ultra sexy.

— Bon, tu viens ou pas ? lui demandé-je en tenant la porte de l'appartement ouverte, prête à partir.

Elle s'empresse de me rejoindre, maugréant au passage des mots que je ne suis pas certaine de vouloir entendre. Levant les yeux au ciel, je ne retiens pas mon sourire. Mon amie s'inquiète de mon comportement alors que c'est globalement celui qu'elle a depuis qu'on se connaît. Ce soir, je m'amuse, et elle pourra dire ce qu'elle veut, elle ne gâchera pas ma nouvelle joie de vivre.

Dans le taxi, elle reste silencieuse. Je la vois envoyer des SMS sans même faire attention au trajet. C'est quand ce dernier commence à s'étirer en longueur qu'elle s'inquiète à nouveau.

— Putain, tu nous emmènes où ?

— Arrête de t'inquiéter, soufflé-je, un peu exaspérée. Le taxi a l'adresse, et on arrive bientôt.

Si elle continue, elle va réussir à gâcher ma soirée ! Vivement qu'on arrive : quelques verres d'alcool, de la danse et avec le bruit, je ne l'entendrai plus !

Nous sommes à peine entrées dans la boîte que je me dirige vers le bar pour commander un verre, une bonne dose de courage liquide. Tout en le sirotant aux côtés d'une Amy pas franchement heureuse d'être là, je m'imprègne de l'ambiance. Je laisse la musique entraînante faire son œuvre, l'alcool me réchauffer et bien vite, ça y est, je suis sur la piste de danse. Très vite, je suis en sueur, j'ai mal aux pieds, mais je m'éclate comme cela ne m'était pas arrivé depuis longtemps. Et puis, il y a ce type qui m'aide pas mal à me lâcher aussi. Arrivé près de moi, il s'est très vite emparé de ma taille pour me coller à lui, m'entraîner dans une danse en duo, frotter son bassin contre le mien. Il n'est pas mal à regarder. Blond, cheveux un peu longs à mon goût, un torse musclé caché derrière un tee-shirt noir moulant, un jean troué comme c'est la mode. Son visage est jeune, il doit avoir à peu près mon âge. Il est clairement là dans le même but que moi. À un moment où j'ai le dos collé contre son torse, il me demande à l'oreille si je souhaite boire quelque chose. D'un signe de tête, j'acquiesce et il m'entraîne alors vers le bar. Nous y sommes presque lorsque je suis percutée par une femme. Son visage me dit quelque chose sans que j'arrive réellement à la remettre. Elle, par contre, se souvient parfaitement de moi, visiblement, quand un sourire faux s'étire sur ses lèvres.

— Tiens, tiens, mais n'est-ce pas la demoiselle aux mèches roses ?

Elle regarde autour d'elle, d'un air vainqueur, avant de me fixer à nouveau avec une fausse compassion.

— Ooh ! Pas d'Ashton, ce soir, pour te tenir compagnie ? Notre petit intermède de l'autre soir lui aurait-il rappelé ce qu'il manquait en restant avec une fille comme toi ?

Ça y est, je la remets. C'est l'ex d'Ashton. Les brumes de l'alcool se dissipent alors assez et ses derniers mots prennent tout leur sens. Ils ont remis le couvert. Tu m'étonnes que le mec ne m'ait plus donné de nouvelles depuis qu'il m'a foutue à la porte de chez lui ! Il est déjà passé à autre chose.

Me refusant à lui répondre, j'entraîne mon nouvel ami d'un soir au bar et le laisse m'offrir un verre, celui qu'il veut, je m'en moque tant que cela contient de l'alcool.

Une fois servie, j'avale cul sec sous le regard stupéfait du beau gosse blond et je l'entraîne à nouveau sur la piste de danse.

J'étais déchaînée, tout à l'heure ? C'est fois, je me surpasse. C'est une pure provocation à finir au lit. Je ne fais pas que le frôler, je l'invite carrément à se montrer plus entreprenant, à oser aller plus loin. Au bout d'un certain temps, beau gosse blond se retrouve avec un second acolyte. Deux pour le prix d'un, me voilà prise entre eux dans une danse lascive qui me fait entrevoir ce que pourrait donner une nuit complète avec ces deux hommes prêts à me satisfaire.

Je suis totalement dans mon élément alcoolisé lorsque je sens un regard sur moi. C'est intrigant comme on peut percevoir, par moments, quand quelqu'un nous regarde. Il y a ici des centaines de personnes et pourtant, c'est ce regard-là qui me perturbe.

Un bref coup d'œil vers le bar et je repère Amy, qui n'a certainement pas bougé de là depuis notre arrivée. À ses côtés se tient Kole. Est-il venu seul ? Et en ai-je quelque chose à faire à cet instant ? J'aurais pu dire non, et pourtant, j'ai un pincement au cœur quand mon regard croise celui, furieux, d'Ashton, qui se tient à quelques dizaines de centimètres de moi. Je pourrais tendre le bras et le toucher, mais j'ai perdu ce droit il y a quelques jours. Alors, je me défends contre les sentiments qui m'envahissent.

— Oh, tiens, Ashtoooon ! Quelle belle surprise ! Il y a justement ta copine quelque part !

Sans plus me préoccuper de lui, je retourne à ma danse. Mais si moi, je me suis interdit de le toucher, ce n'est visiblement pas son cas puisqu'il m'attrape par le bras pour m'extirper du sandwich humain que je formais avec beaux gosses numéro un et deux. Flûte !

Me dégageant d'un mouvement sec, je m'apprête à l'engueuler. Et puis… Sauvée par le gong, sa chère et tendre arrive à l'abordage. Immédiatement, elle glisse sa main sur son biceps et se colle à lui dans une pose de propriétaire.

— Putain, mais qu'est-ce que tu fous là, encore ? rugit Ashton en s'éloignant d'elle.

— Le destin, chéri ! lui répond-elle avec audace.

J'adore le cran qu'a cette fille pour obtenir ce qu'elle veut. Même si je la déteste parce qu'elle, elle sait ce que ça fait de coucher avec Ashton, de partager sa vie…

— J'aurais plutôt tendance à parler de malédiction ! lui assène-t-il en prenant visiblement plaisir à voir son sourire disparaître.

Et moi dans tout ça ? J'éclate de rire. Je suis prise d'un tel fou rire que je m'en tiens le ventre parce que j'ai mal aux abdominaux.

CHAPITRE 25

Ashton

Cette nana va finir par me faire devenir chauve avant l'heure, un comble pour un coiffeur ! Être entouré de mes deux ex – l'une dont je suis fou et l'autre qui me tape sur le système – n'est pas une situation idéale. Hailey se bidonne toujours et je ne saurais dire si c'est dû à ma réplique ou si la faute doit être rejetée sur l'alcool. J'ancre mon regard au sien, j'essaie de la convaincre de me suivre, mais les deux gars avec qui elle dansait s'approchent.

— T'as un problème, peut-être ? demande le premier à Hailey alors que son pote serre déjà les poings.

Putain, ils veulent que je leur règle leur compte ? Je sens une présence à côté de moi. Kole m'a rejoint, sans doute pour m'empêcher de faire une nouvelle connerie puisque j'ai déjà une plainte contre moi.

— Ash, déconne pas. Et Hailey, tu ferais mieux de nous suivre.

Elle croise les bras sur sa poitrine. Aveuglé par la fureur, je n'ai même pas pris le temps de détailler sa tenue. Bon sang !

Depuis quand s'habille-t-elle de cette manière ? Elle serait venue à poil, on n'y aurait pas vu une très grande différence.

— De quoi vous vous mêlez ?

— Hailey, commence prudemment Amy, qui nous a rejoints. S'il te plaît.

— Toi ! s'énerve-t-elle en pointant son amie du doigt. C'est toi qui les as appelés ! Je t'ai dit que je voulais m'amuser pour ne plus penser à ce crétin qui m'a plantée. J'ai passé la semaine à me morfondre, maintenant, laissez-moi m'éclater avec...

Elle se retourne et constate que ses deux nouveaux amis ont préféré se prendre une nouvelle proie plutôt que de continuer à attendre qu'on finisse de s'expliquer. Sage décision.

Je ne lui demande pas son autorisation lorsque je l'attrape par le bras pour qu'elle nous suive. Alors qu'elle gesticule, je la bloque dos à mon torse et me penche pour lui dire à l'oreille :

— Cesse d'agir comme une enfant, tu te ridiculises, Hailey.

— Lâche-moi !

— Hors de question.

Qu'est-ce que ça fait du bien d'à nouveau sentir son parfum, son shampoing – même si une forte odeur d'alcool prédomine. Cette fois, c'est décidé, je ne la laisserai pas s'échapper. Nous devons avoir une discussion et s'il faut que je l'attache sur une chaise pour qu'elle ait lieu, je ne me gênerai pas pour le faire. Amy et Kole nous suivent à quelques mètres quand nous sommes à l'extérieur. Je hèle un taxi, qui s'arrête, et nos amis me font comprendre qu'ils en prendront un autre. Très bien, elle ne va pas avoir d'autre choix que de rester avec moi. Je la fais entrer avec peine et le chauffeur de taxi fronce les sourcils avant de m'adresser un regard compatissant. Ouais, mon pote, cette nana n'a visiblement plus toute sa tête, mais j'y tiens !

C'est le plus long trajet en taxi de toute ma vie.

Hailey a les bras croisés et regarde par la fenêtre avant de mettre la main devant sa bouche. Je demande au chauffeur de se garer sur le bas-côté et ouvre la portière en me penchant devant Hailey. Elle n'a pas le temps de sortir qu'elle se met à vomir à l'extérieur, toujours installée sur le siège. Je lui tiens les cheveux et adresse un regard d'excuse au chauffeur. Quand je lui demande où nous sommes, il m'apprend que nous ne sommes qu'à cinq minutes de l'adresse que je lui ai donnée. Parfait ! Je lui règle la course jusqu'ici et décide de faire sortir Hailey de la voiture. Une petite balade en plein air est une assez bonne punition pour s'être comportée comme la dernière des imbéciles, ce soir. Elle me hurle dessus lorsque le taxi s'en va.

— Et on rentre comment, maintenant, abruti ?
— À pied ! Peut-être que ça te remettra les idées en place.
Elle croise les bras sur sa poitrine.
— Vas-y, toi ! Moi, je ne bouge pas d'ici !
Oh putain ! Je dois contrôler tout mon être pour ne pas me mettre trop en colère, juste assez pour qu'elle avance.
— Tu veux la jouer comme ça, Hailey ?
— Je ne peux de toute manière pas marcher avec mes talons.
— Faute à qui ? Ce n'est pas moi qui t'ai mis ces échasses de force !

Elle commence à se déchausser et je crois qu'elle va me suivre, mais j'esquive tout juste l'une de ses sandales, qu'elle tente de me flanquer en pleine figure. Je m'approche d'elle, regard menaçant, et l'attrape par les épaules pour la secouer un peu – pas trop, sinon elle va me gerber dessus.

— Putain, mais t'es cinglée comme nana ! C'est quoi ton problème ?
— Mon problème ? me répond-elle sur le même ton. Mon problème est que j'ai été assez conne pour croire à tes belles paroles ! J'ai sorti ton cul de taule et tu m'as remerciée en baisant ton ex !
— Je n'ai pas baisé Emma !
— Ce n'est pas ce qu'elle raconte à tout va.

Je passe une main sur mon visage, j'ai envie de hurler de frustration. Merde, comment une femme peut-être si excitante et si chiante à la fois ?

— Je n'ai rien fait avec Emma.
— Tu mens.
— J'étais ivre, comme tu l'es aujourd'hui, mais contrairement à toi, j'ai bien vite repris mes esprits et sans l'aide de personne.

Elle écarquille les yeux.

— Donc, elle dit vrai !
— Quoi ? Non ! Elle m'a embrassé. Elle a... Putain, je l'ai repoussée, OK ? Il n'y a que toi depuis notre rencontre, Hailey !
— Tu lui as aussi dit ça, à ton ex ?

Mais quelle entêtée !

— Un choix s'offre à toi...
— Je ne crois pas, non, m'interrompt-elle.

Par tous les saints, si cette nana est encore vivante dans une heure, ça relèvera du miracle !

— Soyons clairs. Soit tu avances jusqu'à mon appartement de ton plein gré, soit je t'y porte. Mais le résultat sera le même.

Vous avez déjà vu une personne complètement bourrée ? Vous avez vu la capacité qu'a un psychique complètement imbibé de passer du rire aux larmes, de la colère à la déprime la plus totale ? Moi, je pensais que c'était un mythe. Peut-être parce que jusqu'à présent, quand des personnes autour de moi étaient complètement saoules, je l'étais aussi. Allez savoir ! En tout cas, voir Hailey passer de la colère quasi capricieuse aux larmes en une nanoseconde me perturbe au plus haut point. Il y a deux minutes, elle me balançait ses pompes en pleine poire et maintenant, les larmes ruissellent sur ses joues tandis qu'elle reste silencieuse à m'observer.

M'approchant doucement comme je le ferais avec un animal sauvage qui peut me bondir dessus à tout moment, je tends la main pour tenter d'effacer les marques du mal que je lui ai fait. Car nul doute que je suis le responsable de tout ça. Je pensais souffrir de son absence ? Elle semble avoir vécu bien pire.

N'y résistant plus, je finis par l'attirer dans mes bras et elle éclate alors en lourds sanglots, tapant rageusement de son poing contre mon torse. Je la laisse faire, parce qu'en cet instant, je serais prêt à subir n'importe quoi pour qu'elle me pardonne.

CHAPITRE 26
Hailey

Qui a osé mettre de la musique si fort ? J'ai l'impression qu'un caisson de basse a élu domicile dans ma tête. J'essaie d'ouvrir les yeux : mauvaise idée. La lumière qui baigne la pièce m'éblouit et mon mal de tête redouble. Je tente de les rouvrir doucement. Quand je m'habitue un minimum à la clarté, je sursaute. Bon sang ! Où suis-je ? Mon cœur s'affole, la panique me submerge. Je suis en sous-vêtements, mais personne ne semble avoir dormi à mes côtés. Que s'est-il passé ?

Des bribes de la nuit passée me reviennent en mémoire par flashs. Je me suis habillée de manière provocante et j'ai bu à n'en plus finir, dans un vain espoir d'oublier Ashton. Et ensuite, il y a eu ce gars et… Oh mon Dieu ! Pas un gars, deux… Suis-je chez l'un d'eux ? Hailey, t'es une vraie débile ! et Amy ? Où est Amy ?

OK, OK. Il faut que je me calme et que je réfléchisse. Je me souviens avoir pris un taxi, avoir vomi et… Merde ! Ashton… Il était là, c'est lui qui m'a fait sortir de la boîte de nuit. Je referme les yeux, désespérée. Puis-je prier pour qu'un miracle se réalise et qu'en rouvrant les yeux, je sois dans mon lit ? Non ! Bien sûr ! Ce serait trop demander.

La porte s'ouvre doucement et je retiens ma respiration. Je garde les yeux clos, feignant le sommeil, lorsque je sens une partie du matelas s'affaisser.

— Hailey ? murmure la voix d'Ashton.

Je ne réponds toujours pas, je ne veux pas lui parler, j'aimerais juste disparaître.

— Je sais que tu ne dors plus, Hailey.

Bon, je crois que je suis une mauvaise comédienne. Je n'ai pas d'autre choix que la confrontation. Je me retourne lentement pour croiser son regard. Oh ! Je craignais de retrouver la colère dont il a fait preuve hier, et pourtant, il me regarde avec douceur et calme.

— Salut, dis-je dans un souffle.

— J'ai fait du café, tu en veux ? Il y a également deux comprimés d'aspirine qui t'attendent sur la table de nuit.

Je secoue la tête pour refuser le café. Mauvaise idée, très mauvaise idée. Je pense que je vais par contre accepter au moins les deux cachets d'aspirine.

Je ne sais pas quoi lui dire, je me sens intimidée de me retrouver entre ses draps, à moitié nue, après m'être comportée comme une ivrogne. Je pourrais avoir honte de moi, en y songeant, mais je préférerais garder la tête haute ou tout du moins en donner l'illusion.

— Ashton, désolée pour hier soir. Si tu veux bien me laisser me rhabiller, je vais rentrer chez moi.

— Regarde-moi.

Comme je ne lui obéis pas, il murmure mon prénom juste avant de m'attraper la main. Je m'exécute après avoir respiré un bon coup, comme si cela allait me donner le courage nécessaire pour affronter l'homme qui fait battre mon cœur. Je suis frappée par la tristesse qui émane de son visage. Je me rends compte que nous avons gâché quelque chose de beau pour des raisons idiotes. Je m'en veux de…

« *Notre petit intermède de l'autre soir lui aurait-il rappelé ce qu'il manquait en restant avec une fille comme toi ?* »

Pourquoi est-ce que ça me revient en tête seulement maintenant ? Je me souviens avoir eu une toute petite discussion avec son ex. Horrifiée, je retire ma main et le dévisage. Je prends mes distances et secoue la tête. Les larmes au bord des yeux, je lui demande :

— Tu n'as pas fait ça, hein ?

— De quoi parles-tu ?

— Il y avait ton ex, hier soir, et...

Il se tend.

— Je sais qu'il faut qu'on parle, Hailey. Mais je préférerais que tu sois habillée pour cela. Ta tenue actuelle n'est pas vraiment adaptée pour la conversation que nous devons avoir. Tu peux prendre une douche, si tu veux, et je vais te laisser des vêtements sur le lit. Je t'attends au salon.

Il s'en va, me laissant seule avec ma colère, qui commence à bouillonner. OK, d'accord, on se calme, Hailey. Il faut que je réagisse comme l'adulte que je suis. Ce n'est pas en l'envoyant sur les roses que l'on arrivera à arranger les choses. Je n'ose imaginer les jours à venir sans lui, cette semaine a été trop difficile. J'ai besoin de lui, mais pas à n'importe quel prix. Je vais donc le laisser s'expliquer et j'aviserai ensuite.

Je prends une douche rapide, puis m'habille avec les vêtements qu'Ashton m'a laissés. Ce sont des vêtements de femme, j'espère juste qu'ils sont à sa sœur. Je le rejoins au salon. En arrivant près de l'entrée, j'aperçois mes sandales et me souviens subitement qu'il m'a fait sortir du taxi pour marcher. Mon Dieu, et je lui en ai lancé une avec l'espoir qu'il se la prenne en pleine tête ! Le souvenir de la scène, de la tête qu'il a faite quand il l'a esquivée... C'était tellement hilarant que je ne peux m'empêcher de rire. Mais quelle cruche je suis quand je bois ! Ash me rejoint et me questionne du regard.

— Je... J'ai toujours été nulle quand il s'agissait de viser une cible, dis-je en haussant les épaules.

— Ah oui ? Je pensais que c'était à mettre sur le compte de l'ivresse. Viens t'asseoir, s'il te plaît.

Les choses sérieuses commencent. Je m'installe à côté de lui, mal à l'aise.

— Comment en sommes-nous arrivés là ? demande-t-il tout bas sans oser me regarder.

— Je crois qu'on a des caractères de merde qui ne s'associent pas très bien.

Je ne peux m'empêcher de grimacer face à mon propre constat.

— En premier lieu, je te dois des excuses pour... Putain, je t'ai foutue à la porte, alors que tu ne cherchais qu'à m'apporter ton aide. T'as protégé ma sœur face à son frère lourdingue qui ne veut pas la voir grandir. T'avais raison, je ne suis qu'un hypocrite. Tu n'as que quatre ans de plus qu'elle et je n'en ai pas fait tout un plat. Mais je sais que si tu avais eu un grand frère...

Il ne sait pas grand-chose de ma vie familiale, il ne sait pas que j'ai un frère. Ce qu'il ignore aussi, c'est que Brandon n'est pas comme ça. Il s'en fout de ma vie, il a sa femme et ses deux gosses. De toute manière, ça doit faire trois ans que je ne lui ai plus adressé la parole.

Je m'apprête à lui en faire l'aveu quand il change soudainement de sujet.

— Quoi qu'il en soit, je n'avais pas le droit de te parler de cette manière. Pas alors que tu venais de me faire sortir de taule. Si tu savais comme je le regrette !

— Tu ne m'as pourtant pas contactée de toute la semaine. C'était à toi de le faire. Tu m'as quittée, Ashton !

— J'ai fracassé mon portable contre le mur et j'ai perdu ton numéro en changeant de téléphone. Tu m'as bloqué sur Facebook, qu'étais-je censé faire ?

— Tu connais mon adresse.

— Parce que tu m'aurais ouvert ?

Je ne peux retenir un petit sourire. Bon sang ! ce n'est pas le moment de rire !

— Ouais, c'est bien ce que je me disais, lâche-t-il, légèrement plus détendu.

Pourquoi nous n'arrivons pas à nous parler comme ça avant de nous mettre à nous hurler dessus ? Tout serait tellement plus simple si, au lieu de nous énerver, on prenait le temps de se calmer pour discuter tranquillement ! Nous restons silencieux quelques secondes, juste assez pour que je me demande si son ex et lui ont remis le couvert.

— Que s'est-il passé avec Emma ?

Ashton grimace et je sens que je ne vais pas apprécier la suite. S'il m'apprend qu'ils ont couché ensemble, je crois que je ne m'en remettrai pas. Il commence son récit en me disant qu'il regrette ce qu'il a fait et qu'il espère que je saurai le pardonner. Il enchaîne en m'apprenant qu'après mon départ, Lycia lui a claqué la porte de sa chambre au nez et qu'il a décidé d'aller manger un morceau avant d'aller boire dans un bar. C'est à ce moment qu'Emma est entrée en jeu. Elle a lourdement profité de son état d'ébriété pour le peloter. Mes doigts se crispent, j'ai une folle envie de claquer cette pétasse. C'est avec douleur que j'encaisse le fait qu'ils se sont embrassés et qu'elle a fini par mettre la main dans son froc. Évidemment, il se dépêche de me dire que c'est à ce moment-là qu'il l'a repoussée et qu'il s'est cassé sans se retourner.

Il me faut une minute pour tenter de garder mon calme. Je ne veux pas me mettre à crier, car Ashton est honnête avec moi. Il a fait une connerie et hier, je crois que je l'ai bien assez puni.

— D'accord.

— Je m'en veux terriblement. Si tu veux que je sorte de ta vie, je le ferai, mais je ne te demande qu'une chose : pardonne-moi, je t'en prie.

— C'est à mon tour de m'excuser pour hier. Bon sang ! Je suis une vraie conne quand je bois ! Je... J'espérais que ça te vienne aux oreilles, que tu souffres de savoir que j'aie pu m'amuser avec un autre mec.

CHAPITRE 27

Ashton

Cette histoire est un beau gâchis. Nous sommes des adultes, mais on s'est comportés comme deux imbéciles. Elle s'excuse, les yeux remplis de larmes, et il ne m'en faut pas plus pour l'attirer dans mes bras. Sa présence m'avait manqué, cette semaine.

— À partir d'aujourd'hui, on arrête de se prendre la tête pour des raisons débiles.

Elle acquiesce, puis fronce les sourcils. Elle s'excuse et sort son portable de sa poche.

— Et merde... C'est ma mère. Si je ne réponds pas, elle va signaler ma disparition et appeler l'armée américaine à la rescousse.

Elle se lève et lui répond. J'écoute d'une oreille. Il me revient en mémoire ce jour où Amy m'annonçait avec espièglerie que Hailey avait lâché mon nom à sa mère dans une conversation.

— Salut, m'man. Comment ça va chez vous ?... Bien... Hum, non, non, je ne suis pas malade. J'ai un peu fait la fête avec Amy... Non, je ne suis pas à la maison, donc...

Elle se tape le front et je me mets à rire sous cape. Ce qui pourrait être marrant, ce serait qu'elle perde ses moyens. Oh ! je tiens ma vengeance pour ses petits SMS durant ma soirée avec mes amis. Je me lève et la rejoins doucement. Elle me tourne le dos, donc elle ne me remarque pas. Elle a un léger sursaut lorsque je rassemble ses cheveux dans l'une de mes mains pour aller frôler la peau de son cou de mes lèvres. Elle tente de se dégager, mais je ne la laisse pas faire. Mes mains vont trouver son ventre, que je caresse d'un air absent alors qu'elle tente de garder son calme en répondant aux questions de sa mère. Taquin, je décide d'oser un peu plus et je remonte gentiment mes mains. Hailey me repousse d'un coup sec et me fait face. Elle me fait des gros yeux comme pour me dire d'arrêter ça. Je secoue la tête négativement et fais un pas dans sa direction. Elle recule. Je ricane doucement et réitère jusqu'à ce qu'elle soit bloquée par le mur derrière elle. Quand je pose mes mains contre ce dernier pour l'empêcher de s'enfuir, Hailey se met à rougir.

— Maman ? Il faut que je te laisse, je… Oui, moi aussi. Je te redis pour une de ces deux semaines…

Je commence à l'embrasser doucement juste en dessous de l'oreille, elle raccroche et lâche un cri de frustration.

— Ash, sérieusement ! Qu'est-ce qui t'a pris ?

Je souris comme un gamin fier de sa blague.

— J'ai repensé à ta provocation par SMS et j'ai décidé de me venger.

— Mais c'était ma mère !

— Oh, arrête ! T'as adoré.

Elle tente de rester sérieuse, mais la commissure de ses lèvres la trahit. Vaincue, elle finit par rire.

— T'es un abruti ! Et si elle s'était aperçue de quelque chose ?

— Eh bien, tu lui aurais sans doute dit qu'un homme au physique avantageux était en train de te rendre folle et que si elle ne voulait pas t'entendre gémir, il aurait été temps qu'elle raccroche…

— Ashton !

Elle est toujours appuyée contre le mur et bon sang ! qu'est-ce que je suis tenté de l'embrasser ! Semblant lire dans mes pensées, Hailey grimace.

— Ta sœur pourrait revenir à n'importe quel moment…

Oh putain ! Ma sœur n'est pas rentrée de la nuit. Avec les événements d'hier, je n'y ai même pas songé. Je m'écarte d'un pas et sors mon portable de ma poche de jeans. Je fronce les sourcils, elle ne m'a pas écrit de SMS. Hailey regarde partout, sauf dans ma direction.

— Est-ce que tu sais où elle est ?

Comme elle fait mine de ne pas m'entendre, je prends doucement son menton dans ma main et la force à me regarder.

— Hailey ?

— J'ai promis, gémit-elle, ennuyée.

Et soudain, l'évidence de la situation me frappe.

— C'est pas vrai ! Elle est avec Marc, c'est ça ?

La lueur de panique qui passe dans ses yeux répond à sa place. Je compte jusqu'à dix pour ne pas exploser de colère. Hailey n'y peut rien. Nous étions séparés, ce n'était pas à elle de me dire que ma sœur et l'un de mes meilleurs potes se voyaient en cachette.

— OK. Je…

— Ash ?

La voix vient de l'entrée. Lycia vient de passer la porte et quand elle nous aperçoit, un petit sourire se dessine sur ses lèvres. Le genre de sourire qu'elle ne m'a plus adressé depuis une bonne semaine et bon sang, ça fait du bien de la voir comme ça ! J'en oublie tout et me dirige vers elle pour la serrer dans mes bras. Elle en profite pour me demander tout bas :

— Dis-moi que tu as réparé les pots cassés.

— Oui.

Elle me serre plus fort contre elle.

— Hailey est géniale, tu t'en souviendras, n'est-ce pas ?

— Cette semaine a été un enfer. Toi qui ne m'adresses pas la parole et Hailey qui m'ignore... C'était trop d'un coup. Comment tu vas ?

Je la relâche et elle recule, suspicieuse. Elle me sourit mais ne répond pas et se précipite vers Hailey pour la serrer fort contre elle. Elle lui murmure quelque chose à l'oreille et ma petite amie éclate de rire en m'observant. Cette image me fait plaisir, même si je me doute qu'elles complotent contre moi. Avec Emma, jamais ma sœur ne s'était comportée de cette manière. Elle ne l'a jamais aimée et c'était réciproque. Je devais constamment jouer au flic pour qu'elles ne s'étripent pas. C'était lassant. Mon portable vibre, je réponds à Kole et je laisse les deux filles discuter.

— T'es vivant ? demande-t-il en salutations.

— Salut, mec. Ouais.

— Vous avez pu discuter ?

— Ouais. On a réglé nos comptes. Elle gît sur le sol, faudrait que tu viennes m'aider à déplacer le corps.

Comme il ne réagit pas, je finis par éclater de rire.

— Relax. Elle va bien et élabore un plan d'attaque avec ma sœur. Donc, ce sera peut-être mon corps qu'il faudra venir dissimuler.

— Vous êtes partants pour manger avec nous dans une heure ?

Je regarde l'heure sur mon portable et accepte sa proposition après avoir demandé aux filles si elles sont d'accord.

— Impec'. Alors, à tout'.

Je raccroche.

— Hailey, tu aimerais passer te changer ?

— Je veux bien, oui.

— Bon, je me change et on y va. Lycia, on repasse te prendre dans une heure.

CHAPITRE 28

HAILEY

En me ramenant, Ashton ne m'a toujours pas embrassée. Je suis frustrée et je me demande si ce n'est pas fait intentionnellement. Quoi qu'il en soit, aujourd'hui, nous allons manger avec nos amis. Pendant qu'il était au téléphone, sa sœur m'a avoué n'avoir pas eu le courage de passer la nuit chez Marc. Elle s'est mise à paniquer à cause de ce qui est arrivé avec l'autre connard et elle est partie chez une amie. Depuis, elle n'a pas répondu à ses SMS ni à ses appels. Du coup, elle stresse à mort de le revoir, ce que je peux comprendre.

Je trouve qu'Ashton devrait laisser sa sœur tenter sa chance avec son pote. Franchement, ça m'étonnerait que Marc lui fasse du mal. Il la connaît depuis des années. Je ne comprendrai jamais les hommes qui interdisent à leurs potes d'approcher leur sœur. Je veux dire, c'est à eux qu'ils font le plus confiance ! C'est une logique qui me paraît totalement stupide ! C'est un peu comme si... Je ne sais pas, en fait. C'est nul, idiot... La logique des mecs, en somme.

Je vais enfiler une robe légère, relève mes cheveux dans une queue-de-cheval, applique du fard à paupières, une petite couche de rouge à lèvres et j'observe le résultat. Je me trouve plutôt jolie et cette seule pensée me fait sourire.

Vingt minutes plus tard, un coup de klaxon retentit et je devine qu'Ashton s'impatiente. On doit encore aller chercher sa sœur et j'ai refusé qu'il monte pendant que je me changeais. Je prends mon sac et y mets mon portable ainsi que mes clés après avoir verrouillé la porte. Je descends rapidement les escaliers. Cette fois, j'ai opté pour des sandales plates. J'ai retenu la leçon d'hier, mes pieds s'en souviennent encore !

Ashton m'attend, appuyé contre la portière passager. Mon Dieu, ce mec dégage un sex-appeal incroyable ! Je pourrais avoir un orgasme en me contentant de le contempler ! Il m'adresse un sourire et m'embrasse tendrement sur le front. Bon, le baiser ne sera sans doute pas pour tout de suite. Mais qu'est-ce qu'il attend, bon sang ?

— Tu es ravissante.
— Merci. Tu es plutôt beau gosse, toi aussi.
Il sourit.
— Ah ouais ?
— Les manches retroussées… j'adore !
Il rit et m'ouvre la portière.

Le trajet jusqu'à chez lui est assez court et s'effectue dans le silence. J'ai du mal à tenir en place. La distance qu'il a instaurée alors qu'il me pelotait il y a à peine quelques heures pendant que j'étais au téléphone… Je ne sais pas comment le prendre.

Lorsque nous arrivons devant chez lui, Lycia est déjà dehors. Il a à peine le temps de s'arrêter qu'elle a déjà ouvert la portière, s'est glissée sur la banquette arrière et a déjà dégainée son téléphone. À peine une minute plus tard, mon portable vibre. C'est elle. Elle me confie qu'elle stresse de revoir Marc.

— Tout ira bien, lui murmuré-je en me tournant vers elle pour lui adresser un sourire encourageant.

Je tenterai de distraire son frère au maximum, mais je ne vais pas me leurrer, Ashton va les garder à l'œil. S'ils sont assez intelligents, ils ne joueront pas avec le feu.

Tout en conduisant, Ash m'attrape la main pour la déposer sur le levier et changer les vitesses. Je ris doucement en secouant la tête alors qu'il affiche un air de gamin content. Lycia lâche un soupir.

— Arrêtez, vous allez me faire vomir tant vous êtes mignons !

Je ne peux m'empêcher de m'esclaffer alors que son frère lui répond qu'être mignon, ce n'est pas viril.

— Parce qu'être coiffeur, c'est viril, peut-être ? lui répond sa sœur.

Il freine brusquement en souriant malicieusement et se range sur le bas-côté.

— Descend !

— Quoi ? s'écrie Lycia. Ça ne va pas la tête ?

— Lycia…

— Ashton !

J'observe leur échange et me retiens de pouffer de rire.

— Excuse-toi.

— Mais c'est vrai ! Quand on pense à un mec coiffeur, on croit qu'il est gay !

Ashton écarquille les yeux. Prêt à en découdre avec sa sœur, il fait mine de se lever de son siège et Lycia crie déjà qu'elle n'a rien dit et qu'elle est désolée. Quelle chipie ! Il remet le contact et m'adresse un regard d'avertissement, car il a bien compris que je me moquais de lui. J'avoue qu'en cet instant, je suis un peu jalouse de leur relation. Je n'ai jamais vécu cela avec mon frère. Si seulement il n'avait pas rencontré sa femme !

Nous arrivons au restaurant quelques minutes plus tard. Ash m'attrape par la taille et nous allons rejoindre nos amis à l'intérieur. Lycia marche derrière nous et je pourrais entendre les battements de son cœur jusqu'ici. Je sais ce qu'elle ressent en voyant Marc, car c'est exactement ce que j'éprouve pour son frère.

Amy est la première à nous voir. Elle se lève et vient à notre rencontre. Elle embrasse Ashton sur la joue et s'approche prudemment de moi.

— Sur une échelle de un à dix...

Je me mets à rire. Elle ne croit tout de même pas que je vais lui en vouloir pour hier soir ? Elle a bien fait d'appeler les gars à la rescousse !

— Ce que tu peux être bête ! dis-je en la serrant dans mes bras. Je ne t'en veux pas, espèce de patate !

Elle se met à rire et me rend mon câlin. Elle embrasse ensuite Lycia et lui murmure quelque chose qui la fait rougir. Nous arrivons près de la table où se trouvent Kole, Marc et Colton. Ashton salue ses amis, mais il tient la main de Marc plus longtemps que nécessaire et je ne vois pas son regard, mais je peux parier qu'il veut jouer le grand frère trop protecteur et qu'il l'avertit qu'il n'a pas intérêt à toucher à sa sœur. Je lève les yeux au ciel et j'ai presque envie de rire. À mon avis, il est trop tard pour cet avertissement. Je me glisse à côté d'Amy tandis qu'Ashton se place en face de moi. Je ne cache que très difficilement mon amusement, car il s'est installé à côté de Marc pour être sûr que sa sœur n'irait pas s'y mettre. Cette dernière salue tout le monde d'un signe de main. Elle n'a pas le temps de s'asseoir que deux filles arrivent à sa hauteur.

— Lycia !

La jeune sœur d'Ashton se retourne et elle sourit largement en saluant ses deux amies. Elles discutent un moment, puis Lycia se tourne vers nous et nous fait savoir qu'elle va boire un verre avec elles avant de revenir vers nous plus tard. Cette proposition ravit Ashton, alors que Marc fronce les sourcils. Ça va être animé, ici, je le sens !

Finalement, Lycia nous a rejoints alors que nous en étions au dessert. À son retour, elle s'est d'emblée installée à mes côtés, sans même un regard pour Marc. J'avoue avoir été surprise car le feeling semble vraiment bien passer entre eux deux, et pourtant, après tout ce que Lycia a vécu dernièrement, ce n'est peut-être pas un mal qu'elle soit capable de prendre du recul vis-à-vis d'une potentielle relation avec l'ami de son frère.

— Ça va ? lui chuchoté-je.

— Non. Je…

Elle se tourne vers moi.

— Hailey, je tremble et j'ai mon cœur qui va bientôt sortir de ma poitrine.

Je ris doucement et lui confie que je ressens la même chose pour son frère. Amy plisse les yeux et je comprends à son air qu'elle aimerait aussi faire partie de la confidence. Alors, elle se lève et nous lâche.

— Les filles ? Vous pouvez me suivre, je… Il me faut votre avis… Féminin.

Oh, mon Dieu, son excuse est tellement nulle ! Lycia et moi éclatons de rire, mais la suivons tout de même aux toilettes. Nous n'avons pas encore refermé la porte qu'elle pointe Lycia du doigt.

— Reprends ton souffle, chérie, et explique-nous tout.

— Je… d'accord. Hier soir, Marc m'a invitée chez lui. Au départ, on a regardé un film. Il ne m'a pas touchée, si ce n'est qu'il a effleuré quelquefois ma main et à chaque fois, je me suis tendue. J'avais…

Elle s'effondre en larmes. Non, non, non ! Nous l'entourons de nos bras.

— J'ai eu des flashs. Je voyais Ron et… J'ai paniqué. Je suis allée me réfugier chez une amie et je n'ai pas répondu à ses SMS. Je… Punaise, il m'a retourné le cerveau et… Je sais bien que jamais il ne m'aurait touchée contre mon gré, mais je n'arrive pas encore à me détendre quand un mec tente de me séduire.

CHAPITRE 29

Ashton

Les filles ne reviennent qu'après un moment qui me paraît interminable. Nous ne sommes pas dupes, Amy était simplement curieuse de ce que se racontaient ma sœur et ma copine. Mais là, ça commençait à faire un peu long. Elles se réinstallent à leur place et Lycia regarde partout sauf dans ma direction. Je fronce les sourcils. Après l'avoir fixée un long moment, elle relève enfin les yeux et je remarque qu'elle a pleuré. Ma sœur peut me cacher certaines choses, mais jamais ses larmes. Je ne veux pas qu'elle se sente mal à l'aise, alors je ne commente pas. Mais en rentrant, nous aurons une discussion.

Je trouvais mon idée géniale de me mettre à côté de Marc afin que ma sœur ne choisisse pas cette place, maintenant, je regrette un peu, car je n'ai pas pu avoir Hailey dans mes bras. Mais ça, jamais je ne l'avouerai à voix haute, ça lui ferait bien trop plaisir. Alors, je prends sur moi, malgré ma frustration. Les mecs m'ont demandé où on en était et je leur ai simplement dit qu'on prenait notre temps. Je ne leur ai juste pas dit que je ne l'avais pas encore embrassée. J'aimerais la rendre folle de désir, et c'est aussi une petite punition pour avoir gardé pour elle le fait que Lycia était chez Marc hier.

Après le dessert, je propose aux autres de faire un billard. Ils acceptent et nous décidons de constituer deux équipes, les gars contre les nanas. Même si les filles ronchonnent que c'est de la triche, elles finissent par s'avouer vaincues.

Je prends le triangle, plaçant les boules à l'intérieur.

— Honneur aux dames, dis-je innocemment.

Amy vient casser et une rayée part dans une poche. Elle confirme avec une deuxième, puis une troisième. Hailey crie de joie et Lycia se met à rire en voyant les têtes que l'on tire. Nous jouons tous notre tour et, quand c'est celui de Hailey, je décide d'aller la taquiner. Je me place juste à côté d'elle avant qu'elle frappe la boule blanche. Son corps entier se tend.

— Retourne à ta place, Ashton.

— Pourquoi ?

— Tu me déconcentres.

— Ah oui ?

Elle se concentre sur ce qu'elle fait et j'en rajoute une couche au moment où elle frappe la boule :

— Si tu savais ce que j'aimerais te faire sur cette table...

Elle émet un cri étranglé et foire totalement son coup. Amy crie au scandale, alors que Hailey me donne un coup dans l'épaule et que je me marre. Finalement, la partie se déroule sans plus d'anicroches. Je m'amuse toujours à rendre Hailey folle, mais je ne suis pas dupe, tout ça pourrait se retourner contre moi à un moment ou un autre. En fin de compte, nous avons gagné deux parties contre une pour les filles. Marc est le premier à s'en aller en prétextant qu'il a des choses à faire. Amy et Kole nous apprennent qu'ils vont au cinéma et Lycia va traîner avec ses amies qu'elle a croisées tout à l'heure. Du coup, j'attrape la main de Hailey et lui demande ce qu'elle veut faire.

— Je ne sais pas trop. Le ciel commence à s'assombrir, il va certainement pleuvoir. On pourrait... Aller chez moi ?

— Tu as une idée précise en tête ?

— Je n'ai pas de table de billard.

J'éclate de rire et l'embrasse sur la tempe en même temps que nous sortons du restaurant. Je prends ensuite sa main et nous allons à la voiture. Nous arrivons rapidement à son appartement où je me laisse tomber sur son canapé pendant qu'elle va chercher à boire dans son frigo. Elle revient avec une bière pour moi et un verre d'eau qu'elle pose sur la table, puis elle se cale dans un coin de son canapé. Elle a les jambes pliées, alors je lui attrape un pied que je tire jusqu'à moi. Elle tente de m'échapper en gesticulant. Je me mets à rire et lui demande si elle est chatouilleuse. Elle me répond que ce n'est pas le cas, mais son regard me confirme le contraire.

— C'est pas très bien de mentir, Hailey !

Son regard s'arrondit quand je tiens un peu plus fermement sa cheville.

— Ashton, non !

— Vraiment ?

J'ai envie de jouer et je me doute qu'elle l'a remarqué à mon air taquin. Avant même que je n'approche du dessous de son pied, elle se met à rire et se débat. Je finis par la lâcher, pour ne pas recevoir un coup, et elle en profite pour se lever et aller se placer dans son fauteuil. Quant à moi, je ricane et m'allonge de tout mon long dans son canapé en lui lançant un regard aguicheur.

Coupant court à ma tentative de l'allumer, elle décide d'un coup de regarder un film. Elle est sérieuse ? On a été séparés pendant une semaine, on est enfin seuls – et sobres – et elle veut qu'on regarde un putain de film ?

— Il y a ce film que tu as loupé la dernière fois, pouffe-t-elle devant mon regard horrifié. Ça ne te dérange pas si on regarde la suite ? Tu ne seras pas perdu, ils peuvent se voir indépendamment.

— Rassure-moi, t'es quand même pas sérieuse ?

Elle hausse les épaules.

— Pourquoi ? Tu avais autre chose en tête ? me demande-t-elle, taquine.

Je me relève dans son canapé et tapote à côté de moi.

— Et si tu venais t'installer ici pour « regarder » ton film, dis-je en mimant les guillemets.

Elle considère ma proposition quelques secondes puis vient se lover contre moi. Elle appuie sur play, mais honnêtement, elle ne va voir que les cinq premières minutes. Déjà parce qu'il est hors de question que je voie une telle daube jusqu'au bout, ensuite parce que j'ai un tout autre programme en tête.

Mes tympans sont attaqués dès les premières secondes de film, la musique est atroce. Elle me rappelle mes années lycée et les entraînements de cheerleaders. Sérieux, qui a autorisé la réalisation de cette merde ? Bon, j'avais dit cinq minutes, ça n'ira pas au-delà des deux premières... Hailey est confortablement installée contre moi, m'utilisant comme dossier, sa tête reposant contre mon épaule. Mon bras est posé contre le canapé afin de lui laisser une place confortable. Ce n'est donc pas très compliqué pour moi de caresser subrepticement son épaule d'un léger mouvement du poignet, l'air de rien, comme si c'était inconscient. Dans l'opération, les bretelles de sa robe et de son soutien-gorge finissent par glisser. Oups...

Hailey semble complètement absorbée par son film, elle ne montre aucune réaction si ce n'est ce petit frisson et sa respiration qui s'accélère légèrement. La demoiselle se fait désirer, cherche à voir si je compte aller jusqu'au bout. Et de mon côté, ce petit jeu m'excite au plus haut point. Je me retrouve légèrement à l'étroit dans mon pantalon. Soulevant le bassin, je tente de trouver une position plus confortable. Dans la manœuvre, ma main descend un peu plus bas, frôle le haut de son sein, le bout de mes doigts se glissant furtivement sous le tissu du décolleté de sa robe. Et moi, quelle que soit ma position, c'est foutu, je suis irrémédiablement trop excité pour supporter la pression de ma braguette contre mon érection. Ashton, mon grand, il est temps d'accélérer la cadence. Me redressant, je commence à parsemer sa nuque de petits baisers. Ma main est toujours en pleine exploration, et la seconde se retrouve bien utile pour dégager ses cheveux de mon chemin. Petit à petit, j'atteins le lobe de son oreille, que je titille du bout de la langue.

C'en est visiblement trop pour la miss, qui se redresse brusquement pour me faire face. Enfin ! Merci, Seigneur !

Sans même me demander la permission, elle s'installe sur mes genoux, une jambe de chaque côté de mes hanches et exerce une légère pression contre mon bassin. Nos deux sexes l'un contre l'autre, mais séparés par nos vêtements. Je ne peux retenir un gémissement de frustration. J'ai les mains sur ses seins, que je caresse, et là encore, le tissu est de trop. Il est temps de commencer à effeuiller cette beauté.

Comme si elle lisait dans mes pensées, elle s'empare du bas de sa robe et la passe par-dessus sa tête. J'ai déjà souligné que j'adorais les robes ? C'est, je crois, le vêtement le plus adéquat quand tu veux déshabiller une fille en moins de trente secondes. Sans même réfléchir plus longtemps, je glisse une de mes mains dans son dos pour dégrafer son soutien-gorge, qui ne tarde pas à tenir compagnie à sa robe sur le sol. La voilà complètement nue, si ce n'est qu'il lui reste sa culotte de dentelle, qui ne cache presque rien du trésor qui m'attend. Donnant-donnant, j'enlève à mon tour mon tee-shirt avant de m'emparer à nouveau de ses lèvres. Ses tétons me narguent en venant se frotter contre mon torse. La sensation m'électrise, c'en est presque insupportable, mais insupportablement bon. Hailey gémit contre ma bouche et je n'ai jamais rien connu d'aussi excitant de toute ma vie.

Ne voulant pas que notre première fois se déroule sur un canapé, je la saisis au niveau des hanches pour assurer ma prise et me relève pour prendre la direction de sa chambre.

L'allonger sur son lit est l'occasion idéale pour finir de la déshabiller.

CHAPITRE 30
HAILEY

Je ne saurais plus dire à quel moment du film j'ai déconnecté. Est-ce au moment où sa main a commencé à frôler mon épaule ou quand je l'ai senti se redresser dans mon dos, me faisant facilement deviner qu'il était quelque peu incommodé par son excitation ?

Si on me le demande demain matin, je dirai simplement que je n'en sais rien et que je m'en fiche. D'autant plus qu'en cet instant je suis quasiment nue, allongée sur mon lit, Ashton au-dessus de moi. Il m'offre l'occasion de pouvoir enfin caresser ses muscles saillants. Nos lèvres se retrouvent après une séparation bien trop longue à mon goût, mes mains explorent et petit à petit descendent, conquièrent du terrain jusqu'à se retrouver à une frontière, stoppées net par l'impossibilité de se glisser sous le jean.

Je ne porte plus qu'une simple petite culotte de dentelle, choisie avec soin tout à l'heure pour le peu de place qu'elle laisse à l'imagination, dans l'espoir que j'avais d'en être là où nous en sommes en cet instant même. À son tour d'en dévoiler plus et comme il semble trop occupé par mon corps, c'est à moi que revient la tâche d'ouvrir son pantalon pour le lui retirer. J'appréhende un peu. J'ai toujours eu l'angoisse de mal manœuvrer et de finir par coincer une partie de l'anatomie de mon partenaire dans la braguette. Sérieux, les pantalons avec juste des boutons, ça existe ! Le bouton, d'ailleurs, se laisse facilement dompter. En un quart de seconde, il n'est déjà plus qu'un lointain souvenir. Je tente à nouveau de glisser ma main, mais Ashton est trop excité, on ne pourrait même pas glisser une feuille de papier entre son jean et lui.

— Il faut aussi défaire la braguette, me souffle-t-il.

Sérieux ? Il croit que j'ai besoin du mode d'emploi ?

— À toi l'honneur, lui réponds-je en laissant mes mains repartir à l'exploration de son torse.

— Tu as juste à la faire glisser, m'encourage-t-il en me prenant une main pour la faire redescendre.

Je lui résiste.

— Fais-la glisser comme un grand, alors. Elle est trop près de toi, je refuse d'être accusée en cas d'accident.

Il ne s'attendait certainement pas à cela parce qu'il a un temps d'arrêt avant de laisser un fou rire s'emparer de lui. Il n'en peut tellement plus de rire qu'il finit par s'affaler sur moi. OK, je crois que je viens de casser l'ambiance. C'est trop bête, la partie la plus intéressante allait commencer !

De frustration, je tente de le repousser – et aussi dans un espoir de pouvoir respirer à nouveau, car il pèse malgré tout son poids, le bougre ! Mon geste stoppe immédiatement son hilarité. Se relevant brusquement, il fait peu cas de la braguette maudite et se déshabille entièrement. Le voilà nu, debout à mes pieds, moi toujours allongée ne sachant plus où poser mon regard. J'ai soudain envie de poser mes lèvres un peu partout sur son corps. Je le veux à ma merci.

Mais lui a bien autre chose en tête. S'emparant de mes chevilles, il me tire jusqu'à ce que mes fesses soient proches du bord du matelas. Un sourire carnassier, les yeux pleins de promesses, il arrive à me faire frissonner d'anticipation.

Ses mains remontent le long de mes jambes, doucement, tout doucement, trop doucement. Et si je lui demandais d'accélérer ?

Enfin, il atteint les bordures de ma culotte. Son regard, empli de convoitise, est fixé sur ses gestes. Il attrape délicatement chaque côté et me l'ôte. Durant l'opération, je retiens mon souffle, appréhendant la suite. Nous voilà nus tous les deux.

Une fois le petit bout de dentelle au sol, Ashton revient au-dessus de moi, portant son poids sur ses avant-bras postés de chaque côté de ma tête. Avec une lenteur frustrante, il approche son visage comme s'il allait m'embrasser. Au dernier moment, il se détourne et ses lèvres se déposent juste sous mon oreille, là où la peau est si fine que ma sensibilité y est exacerbée. Il dépose de minuscules baisers, traçant un chemin se dirigeant vers ma nuque, mes seins, mon nombril et plus bas. Seigneur Dieu !

— Appelle-moi juste Ashton, ricane-t-il.

J'ai parlé à voix haute ? Oh la honte ! Je me sens tellement humiliée que je me cache la tête dans les bras, comme si cela allait pouvoir me faire disparaître. On ne peut pas remonter quelques minutes plus tôt ? Maintenant que je connais le scénario, je pourrais me retenir de parler à haute voix. Non ?

Ashton, lui, ne s'est pas laissé perturber par mon intervention, il est retourné me donner du plaisir et quand je n'arrive plus à retenir mes gémissements qui se font de plus en plus sonores, il finit par remonter. Il taquine un peu mes tétons avant enfin de venir m'embrasser. Mes bras reposent désormais au-dessus de ma tête, trop occupée à profiter des caresses d'Ashton pour penser à utiliser mes mains.

Je sens qu'on arrive au moment crucial où nous allons enfin ne faire plus qu'un. Je dois absolument réussir à me concentrer plus de deux secondes pour lui suggérer l'usage d'un préservatif. Je le lui demanderai dans un instant, on n'y est pas encore, je veux profiter encore de ses baisers et de ses caresses.

Lorsque son bassin se rapproche du mien, j'ai un mouvement réflexe conditionné par le désir, je soulève le mien pour venir à sa rencontre. C'est le déclic dans mon cerveau.

— Ashton, attends…

Il ne s'arrête pas, il continue, je panique. Mes mains retrouvent leur mobilité pour aller se poser sur ses hanches dans une tentative désespérée de le ralentir.

— Ashton… Préservatif.

Enfin, il stoppe les mouvements de bassin, son érection cesse de taquiner mon clitoris – à mon grand dépit –, sa main gauche remonte vers mon visage et attrape quelque chose juste à mes côtés. Un petit étui couleur aluminium.

— Tadam, dit-il en me le montrant fièrement. Tu veux me le mettre ?

— La prochaine fois, peut-être, lui réponds-je en l'embrassant fougueusement.

Maintenant que je sais cette question réglée, je peux me laisser aller à ne plus penser, je peux me focaliser sur mon plaisir, son plaisir, notre plaisir.

La nuit est tombée sur la ville, les lumières de mon appartement sont toutes éteintes, mais l'obscurité n'est pas totale. Le réverbère de la rue jette des ombres dans ma chambre où nous nous reposons tranquillement, ma tête sur le torse d'Ashton. Nous avons passé tout l'après-midi ici, déconnectés du monde extérieur, rattrapant en grande majorité le temps que nous avons perdu la semaine dernière.

La main d'Ashton me caresse le dos, descendant et remontant à une douce cadence le long de ma colonne vertébrale. Son autre main est entrelacée à l'une des miennes. Je n'ai pas envie de bouger. Tout est si paisible !

Mon pouce caresse sa paume lorsqu'une de mes lectures me revient en mémoire.

— Tu savais que notre ligne de cœur peut déterminer si nous sommes plutôt cérébral ou émotif ?

— La ligne de quoi ? Tu t'es cogné la tête pendant que…

Je l'interromps en me redressant et en plaquant ma main sur sa bouche. Je ne veux pas entendre ce qu'il pourrait dire. Mais au sourire que je sens sous ma main, je sais qu'il allait dire quelque chose de cochon.

— Laisse tomber, OK ? C'est un truc débile que j'ai lu dans ton salon. Je ne sais même pas pourquoi j'en ai parlé.

Comme il reste silencieux, je retire doucement ma main de sa bouche. Je n'avais pas anticipé qu'il pourrait contre-attaquer. Ses mains se placent sur ma taille et me font basculer. En moins de temps qu'il en faut pour le dire, je me retrouve sur le dos, Ashton au-dessus de moi… Encore.

— Mademoiselle O'Brien, je crois qu'il est temps que nous discutions de tes lectures plus que déplorables.

CHAPITRE 31
Ashton

— La faute à ton salon ! C'est toi qui m'as fourni cette « déplorable » lecture ! ose-t-elle attaquer.

— Es-tu en train de sous-entendre que j'offre de la lecture bas de gamme à mes clientes ?

Je tente d'avoir un regard sévère. Honnêtement, en cet instant, je fais tout pour garder mon sérieux. C'est pourtant presque mission impossible avec ses seins nus qui me narguent, me quémandant de les prendre dans ma bouche. Mais je ne suis pas certain que Hailey supporterait un round supplémentaire. Et puis, je n'ai plus de préservatifs. On a liquidé mon stock cet après-midi.

Je la regarde à nouveau dans les yeux, redescends quelques microsecondes avant de remonter vers son visage. Je ne sais même plus de quoi on parlait.

— Tu n'aurais pas une boîte de préservatifs cachée quelque part, par hasard ?

— Non, désolée, répond-elle sur un ton un peu contrit. D'ailleurs, j'aimerais bien savoir d'où sortait le premier.

— De ma poche avant de te rejoindre sur le lit.

— Et comment se fait-il que tu aies des préservatifs dans tes poches ?

— Ça, ça s'appelle être prévoyant, miss.

Elle ne semble guère convaincue par mon argument. Mais je ne vais quand même pas lui répondre « parce que dès qu'on s'est réconciliés, j'avais prévu de te baiser ». Pas très élégant, même si c'est vrai.

Quoi qu'il en soit, puisque nous n'avons plus de préservatifs, il est temps pour nous de sortir du lit. Je m'apprête à le lui suggérer lorsque la sonnette de son appartement retentit. Hailey laisse échapper un grognement très peu féminin. Et comme personne ne va ouvrir, cette fois, on frappe à sa porte.

— Allez, Hailey, on sait que vous êtes là. Ouvre la porte, grouille-toi !

— Je veux déménager ! grommelle-t-elle.

Les coups continuent à plusieurs reprises. La miss ne semble pas vouloir bouger, ou peut-être est-ce parce que je suis toujours sur elle. Quand la voix d'Amy nous prévient que sans réponse de notre part, elle ira chercher son double de clé à son appartement, je finis par m'extirper du lit, enfile mon caleçon et cours lui ouvrir.

Je me retrouve alors face à la meilleure amie de ma copine et à mon pote, qui tient plusieurs cartons de pizzas. Elle ne me laisse même pas le temps de dire quoi que ce soit qu'elle pénètre déjà dans l'appart.

— Sympa, la vue, je t'autorise à rester comme ça pendant qu'on mange ! m'informe-t-elle d'un ton magnanime.

Je fixe Kole avec des yeux éberlués, lui demandant silencieusement ce qu'il se passe, là. Il se contente de hausser les épaules et de grimacer, seules excuses que j'obtiendrai de sa part pour cette intrusion.

— Oh putain, elle a osé te faire regarder cette merde ? nous parvient la voix d'Amy depuis le salon.

— À vrai dire, il n'en a vu que les premières minutes et je ne suis pas certaine qu'il s'en souvienne. On pourrait le regarder tous ensemble, lui propose Hailey, qui a revêtu ma chemise avec un legging.

Putain, ce qu'elle est sexy dans mes fringues ! Je ferais mieux d'aller m'habiller avant que sa tenue ne provoque une réaction malvenue en présence de nos amis. Laissant Kole entrer et refermer la porte derrière lui, je file à toute vitesse vers la chambre et vole au passage un tendre baiser à ma dulcinée.

Un jean plus tard et toujours torse nu, je les rejoins tous au salon. Amy et Hailey ont pris place dans le canapé tandis que Kole s'est assis par terre. Les pizzas sont sur la table et quelqu'un a eu la bonté de nous sortir des bières.

Nous passons la soirée dans une bonne ambiance, si ce n'est qu'Amy nous a tannés pour savoir ce qui s'est déroulé dans cet appartement tout l'après-midi. Comme si cela la regardait !

C'est bien plus tard qu'ils décident enfin de quitter les lieux. Malheureusement, je vais devoir leur emboîter le pas. Je ne me sens pas de laisser ma sœur seule à l'appartement après les larmes que j'ai vues dans ses yeux à midi.

Je quitte donc Hailey sur la promesse de nous revoir très vite et après l'avoir embrassée assez longtemps pour que nous soyons à nouveau excités tous les deux. La nuit risque d'être très très longue !

Lorsque j'arrive chez moi, seule la lumière de ma chambre est allumée. Lycia est sur mon lit, dont elle a changé les draps, en train de regarder un film sur son ordinateur. Le casque sur les oreilles, elle n'a pas encore perçu ma présence. Je ne voudrais pas l'effrayer, mais ne sais pas trop non plus comment lui signaler que je suis rentré. J'hésite, et je me rends compte que depuis que j'ai appris ce que lui a fait Ron, je prends des pincettes avec elle. Ce connard nous a retiré une part de notre complicité et pour ça, j'aimerais aller le cogner à nouveau.

Lorsqu'elle lève enfin les yeux vers moi, un sourire vient rapidement illuminer son visage. Elle retire les écouteurs de ses oreilles.

— Hailey a raison, rien de tel qu'une comédie bien pourrie pour nous remonter le moral !

Elle éclate de rire face à mon regard horrifié.

— Sérieux, tu ne vas pas te remettre à regarder ces merdes ? Tu avais arrêté.

Ouais, elle avait seize ans lorsque je lui ai fait comprendre que c'était la honte de ne se nourrir que de films aussi médiocres. Je pensais avoir réussi à la sevrer. Visiblement, Hailey s'est chargée de la mise à jour.

Se levant du lit, elle me prend dans ses bras pour un câlin.

— Tu as mangé ?

— Ouais, Amy et Kole nous ont rapporté des pizzas. Et toi ?

— Une salade vite fait quand je suis rentrée. Tu regardes un film avec moi ?

— Si tu me promets de ne pas m'imposer de film pour ado attardée.

Elle ricane rapidement avant de me prendre la main pour m'entraîner vers le lit. Nous nous installons l'un à côté de l'autre et elle rallume son PC. À l'écran, l'image est figée sur le début du dernier Avengers. Des super-héros. Là, j'approuve, même si je me doute que ce qui intéresse le plus ma sœur, c'est la plastique desdits « héros ».

Je suis chez moi, dans mon lit. Je serre un corps contre moi. Une inspiration et je reconnais le parfum de ma sœur. Nous nous sommes endormis devant le film.

Le jour s'est déjà levé, nous sommes dimanche et j'ai envie de pouvoir me rendormir.

Je glisse à nouveau doucement dans le sommeil lorsque ça vibre dans mon pantalon. Pour ne pas déranger ma sœur, je décide de me lever. J'ai la tête en vrac. Je me dirige vers la cuisine en sortant au passage mon téléphone de ma poche. Je mets en route la cafetière et regarde qui peut bien tenter de me joindre un dimanche matin.

Une petite part de moi espérait que ce soit Hailey, mais l'écran m'indique qu'il n'est que sept heures et demie. Elle doit encore dormir. C'est un texto de Marc.

> **Marc**
> On peut se voir ?

> **Ashton**
> Mais quand tu veux !!!

Nan, mais il est sérieux ? Il me réveille un dimanche matin pour me voir ? Il n'a pas peur que je lui casse la gueule pour s'être approché d'un peu trop près de ma sœur ? Et depuis quand il me demande avant de débarquer ?

> **Marc**
> On se rejoint au salon dans une heure ?

> **Ashton**
> OK

Il n'ose pas venir chez moi. Il me faut ce rendez-vous au salon pour percuter qu'il veut me parler de ma sœur. J'vais avoir besoin d'un bon café pour me réveiller si je veux pouvoir l'écouter posément sans lui casser la gueule dès que les premiers mots sortiront de sa bouche. J'ai déjà une plainte contre moi pour coups et blessures, je ne vais pas en rajouter une seconde.

J'arrive au salon avant lui et vais m'installer dans la petite salle de pause en tapotant nerveusement sur la table. Je respire calmement, parce que je sais que je pourrais m'emporter. Les paroles de Hailey me reviennent en tête. « Lycia est une grande fille » ; « Tu t'en foutais pas mal de mon âge quand t'as décidé que tu me voulais ». Marc arrive quelques minutes plus tard. Il semble marcher sur des œufs, ce qui confirme mes craintes quant au sujet de discussion.

— Salut, mec, dit-il en me serrant la main.

— Depuis quand tu envoies des SMS pour demander à me voir ?

— Depuis que t'as failli me défoncer la gueule parce que je consolais ta sœur l'autre soir !

Il marque un point.

— De quoi tu voulais me parler ?

— Je pense que tu le sais.

— Écoute, ma sœur vient de vivre un cauchemar, mon premier but est de la protéger. Tu as dix ans de plus qu'elle...

— De toute manière, elle m'a ignoré toute la journée, hier. Alors, t'inquiète, mec, ton boulot de grand frère a très bien fonctionné. C'est ce que tu voulais, non ?

J'avoue que je suis soulagé, mais que ça me fait de la peine de voir mon pote anéanti car la nana qu'il convoite l'a envoyé bouler.

— Écoute, je sais que tu veux la protéger, je l'ai bien compris. Tu sais tout comme moi que ces choses-là ne se contrôlent pas. T'as rencontré Hailey il y a quoi ? Trois ? Peut-être quatre semaines ? Est-ce que tu t'attendais à te poser avec elle ? Avoue, à la base, tu voulais te la faire comme toutes les autres. Tu l'as utilisée pour rendre Emma jalouse ! Tu trouves que c'était mieux ? Pourtant, personne n'a menacé de te casser la gueule.

— C'est...

— Ashton, ta sœur est une fille exceptionnelle. Je l'ai toujours protégée, pour quelle raison est-ce que ça changerait ?

— Putain, je ne veux pas la voir grandir, d'accord ? Elle a déjà suffisamment souffert !

— Mais je ne suis pas Ron, merde ! Jamais je ne toucherai à ta sœur contre son gré !

Je passe une main sur mon visage, sentant la colère s'emparer de moi. Utiliser Hailey contre moi, c'est vraiment un coup bas.

— Est-ce qu'elle va bien ?

— Elle tient le coup... A-t-elle dormi chez toi, vendredi ?

Il grimace.

— C'était ce qui était prévu. Au dernier moment, elle a paniqué et s'est tirée chez l'une de ses amies. Depuis, plus de nouvelles. Je m'inquiète pour elle, tu sais.

— Laisse lui le temps de se remettre de toute cette merde. Quant à moi, je vais essayer – je dis bien essayer – de ne pas te défoncer la gueule si elle revient vers toi. Et t'as tout intérêt à ne pas faire un pas de travers. Parce que si j'apprends qu'elle verse ne serait-ce qu'une larme pour toi, t'es mort, mec !

CHAPITRE 32
Hailey

Le téléphone fixe retentit et sa sonnerie stridente me fait grimacer. Quelle heure est-il ? Huit heures ? Oh punaise ! Pourquoi ma mère a-t-elle toujours l'idée saugrenue de téléphoner à des heures indues ? Je me lève péniblement, car je sais qu'elle va continuer à m'appeler jusqu'à ce que je réponde. Je marche dans le brouillard et soudain, je me prends le pied dans le coin d'un meuble, tuant au passage mon petit orteil.

— Putain de merde de baleine qui pue le poisson pourri !

Je sautille sur un pied en fusillant le téléphone qui n'arrête pas de sonner. Oh, ça va ! une minute ! Je finis par décrocher.

— Allô ?

— JOYEUX ANNIVERSAIRE, MA FILLE !!

Quoi ?! C'est… quel jour sommes-nous ? Je regarde le calendrier suspendu au mur juste au-dessus de la base du téléphone. Oh punaise ! Elle a raison. J'étais tellement préoccupée par tout ce qui se passe que j'en ai oublié que je vieillissais d'une année.

— Hum… Merci.

— Qu'est-ce que tu vas faire aujourd'hui ?
— Je ne sais pas. Regarder un film.
Ma mère pousse un petit cri horrifié.
— Chérie ! Tu as vingt-deux ans, pas soixante-deux. Même ta grand-mère sort plus que toi ! Et ce petit copain ? Comment s'appelle-t-il, déjà ?
— Ashton, maman.
J'évite d'ajouter qu'il ne connaît probablement pas ma date de naissance.
— Il n'a donc rien prévu pour ce soir ? Ce n'est pas très délicat de sa part.
Et voilà ! Elle ne le connaît même pas, n'a entendu parler qu'une seule fois de lui, et déjà, elle le juge sur ses actes – et là, en l'occurrence, sur un acte manqué.
— Écoute, Maman, la journée n'est pas encore terminée, alors qui sait... C'est peut-être une surprise.
— Oh oui, bien sûr, tu as probablement raison. Mais ne te couche pas trop tard, tu travailles, demain.
— En fait, je suis en vacances.
Je me plaque immédiatement une main sur la bouche, atterrée par ce que je viens de dévoiler. C'est une catastrophe, elle va saisir la balle au bond !
— Pourquoi tu ne me l'as pas dit plus tôt ? Tu as déjà réservé ton billet d'avion ? Quand arrives-tu ?
— Je n'ai rien réservé pour le moment, maman. Cela s'est fait à la dernière minute. Je te rappellerai pour te tenir au courant. Je ne sais pas encore si je pourrai venir.
— Bien entendu que tu vas venir ! Quelle fille serais-tu si tu ne venais pas voir tes parents quand tu as enfin des vacances ?
Ma mère ! La reine quand il s'agit de culpabiliser les gens, et en particulier sa fille.
— Pense à amener Ashton avec toi.
— Mamaaaaan ! On ne parle pas d'un chien. C'est un être humain avec un travail. Il ne fait pas ce qu'il veut.

— Oui, oui ! Bon, je dois te laisser. Ton père s'impatiente, il veut qu'on aille au marché des antiquités, aujourd'hui. Pense à me rappeler pour qu'on vienne te chercher à l'aéroport.

Je grommelle un assentiment avant de raccrocher enfin.

Enfer ! Je vais devoir aller chez mes parents ! Comment tuer au moins trois voire quatre jours de vacances ? Si je veux limiter la casse, je ferais bien de programmer mon départ juste avant mon retour au boulot.

Maintenant que je suis réveillée, autant rester levée, je sais que je ne réussirai jamais à me rendormir. Une douche plus tard, je suis hésitante. Contrairement à ce que j'ai dit à ma mère, je n'ai franchement pas envie de regarder encore un film. Cela devient lassant, à la longue. Hors de question de faire mon ménage aujourd'hui, et de toute façon, à la suite de la brouille avec Ashton, mon appartement brille déjà de propreté. Je suis tentée de lui envoyer un message, mais il est encore tôt. S'il dort encore, il pourrait m'en vouloir.

Ne souhaitant pas rester plus longtemps enfermée seule dans mon appartement, je prends mes clés et mon sac et décide d'aller prendre mon petit déjeuner dans une brasserie française qui se situe à dix minutes de chez moi.

Les propriétaires se sont installés ici il y a une dizaine d'années. Dix ans de succès, le quartier raffolant de leurs pâtisseries, viennoiseries et pains dont sont si friands les Français. À chaque fois que je déjeune chez eux, c'est un véritable voyage culinaire. Je pourrais presque avoir l'impression d'avoir traversé l'océan et d'être en plein milieu d'une brasserie dans une petite rue parisienne.

J'en suis à mon second croissant lorsque mon téléphone se met à sonner. Je me dépêche de le prendre et de décrocher pour ne pas déranger les gens qui sont autour de moi.

— Tu n'es pas chez toi.

— Bonjour à toi aussi, Amy.

— Oui, oui, bonjour. J'avais des projets pour aujourd'hui. Comment suis-je censée faire si tu n'es pas chez toi ?

— Eh bien, si tu m'avais prévenue de te réserver ma journée...

— Hailey, il n'est même pas encore dix heures, nous sommes dimanche et hier, tu as passé l'après-midi à t'envoyer en l'air. Pourquoi n'es-tu pas couchée ?

Je ne peux m'empêcher de rougir lorsqu'elle fait référence à mon samedi après-midi. Heureusement, personne autour de moi ne peut l'entendre. Comme je suis silencieuse, elle s'impatiente.

— Où es-tu ?

— Aux croissants de Jacques. Ma mère a appelée, ce matin, j'avais besoin de réconfort.

— Ne me dis pas que tes parents te manquent !

— Non, mais j'ai laissé échapper que j'étais en vacances.

— Et donc ?

— Je dois aller dans le Montana avant la fin de mes vacances, sinon je vais entendre parler du pays. Oh, et accessoirement, je dois emmener mon petit ami Ashton pour le leur présenter.

— Quelle veine que désormais, tu sortes réellement avec lui ! dit-elle.

On sent parfaitement au ton de sa voix qu'elle pourrait éclater de rire d'un instant à l'autre.

— Mouais, sauf qu'il ne sait pas que pour ma mère, on sort ensemble depuis plus longtemps alors que ce n'est pas réellement le cas.

Les ricanements d'Amy cessent d'un coup. Je me redresse dans mon siège, sentant que la suite pourrait ne pas me plaire.

— Il se pourrait, commence-t-elle, qu'incidemment, au détour d'une conversation, je lui en aie touché un ou deux mots.

— Quoi ?

Plusieurs têtes se tournent vers moi, certains regards me fusillent pour le dérangement. Je me tasse à nouveau dans mon fauteuil.

— Amyyy... dis-je d'une voix plaintive.

— Oui, bon ! Ce qui est fait est fait. Pas la peine de revenir sur le passé. Ne bouge pas de là où t'es, je passe te prendre.

Elle ne me laisse pas le temps d'objecter quoi que ce soit, elle a déjà raccroché.

Reposant mon téléphone sur la table, je ne peux retenir un soupir. Ce début de journée craint un max ! Réactivant l'écran de mon cellulaire, je surfe rapidement sur *Facebook* avant de refermer l'application à cause de l'avalanche de notifications qui m'attend. Foutu anniversaire ! Ouvrant cette fois *Messenger*, je relis nos conversations avec Ashton. Je ne peux malheureusement pas lui parler car je ne l'ai toujours pas débloqué et j'ai effacé son numéro lorsqu'il m'a foutue à la porte de chez lui.

Nouveau soupir… Quelle journée de merde !

CHAPITRE 33
Ashton

Après notre petite discussion, nous recevons un SMS d'Amy qui nous annonce qu'il serait temps qu'on se bouge le cul pour la journée qu'elle a réservée à Hailey. Elle fête ses vingt-deux ans aujourd'hui et sa meilleure amie trouvait cool l'idée qu'on la surprenne en étant tous présents.

— Je dois passer prendre Lycia. T'es prêt, toi ? demandé-je à Marc.

— Bien sûr.

— Alors, ramène-toi. Et tiens-toi correctement avec elle, espèce d'imbécile !

Nous retournons à mon appartement. Marc ne fait pas le malin et mon côté grand frère protecteur se frotte les mains. Quelque chose me dit que mon pote n'est pas très à l'aise. Tant pis pour lui, il n'avait qu'à pas se mettre à la draguer ! Je pousse la porte et tombe sur Lycia en train d'enfiler ses Converse. Elle me sourit puis fronce les sourcils en apercevant Marc. Je jette un regard à mon pote, qui lève les mains, l'air de certifier à ma sœur qu'il vient en ami.

Déconne pas, mec, ça me ferait chier de devoir te castrer !

— Tu es prête ?

Elle reprend ses esprits et acquiesce d'un hochement de tête. Elle ne salue même pas Marc, elle l'ignore totalement. Je me demande s'il m'a vraiment tout dit il y a vingt minutes. Quoi qu'il en soit, nous ferions mieux de nous dépêcher avant qu'Amy ne pète un câble.

Elle nous a donné rendez-vous sur la plage, au port, plus précisément. Normalement, elle arrivera avec Hailey, qui aura les yeux bandés et donc, cette dernière ne saura pas qu'on est là. En revanche, Amy est la seule à connaître le déroulement de la journée. Tout ce que nous devions prévoir était un maillot de bain ainsi que des habits légers, mais pas trop. J'adore Amy, mais question organisation, on n'est pas au top-niveau, là ! Je me demande encore comment elle fait pour bosser dans l'événementiel. Du coup, son indication pour les vêtements ne nous ayant pas été d'une grande aide, nous nous rejoignons tous sur la plage en tenue légère, mais avec dans nos sacs à dos des vêtements de rechange au cas où.

Au bout de quinze minutes à l'attendre sur le parvis de la plage, nous décidons d'un commun accord d'aller nous poser sur le sable. Kole essaie de joindre sa dulcinée, sans succès. De mon côté, je ne peux pas me permettre de contacter Hailey au risque de faire foirer la surprise.

Dix minutes plus tard, tout le monde s'amuse, mais moi, je bous. J'en ai assez d'attendre, Kole semble commencer à s'inquiéter mais sans non plus le montrer clairement. Je perds patience et viens juste de sortir mon téléphone pour contrevenir aux ordres et passer ce foutu appel lorsque le visage de Kole se fend d'un sourire. Me retournant, je vois une petite voiture d'un rouge clinquant se garer sur le parking. Amy en sort et fait rapidement le tour pour aller ouvrir la portière passager. Elle aide Hailey à sortir à son tour et la guide vers nous.

Tout le monde est silencieux, plus un bruit dans notre groupe. D'où nous sommes, nous entendons mon petit Boursouflet pester contre les idées à la con de son amie. Je crois même distinguer une vague menace pour le mois prochain. Tiens, tiens… Si elle foire sur ce coup, il semblerait qu'il y ait matière à vengeance d'ici les trente prochains jours.

— Sérieusement, Amy, tu m'emmerdes !

Je retiens avec peine mon rire. Colton me tape sur l'épaule et me murmure que j'ai vraiment du courage pour supporter une nana pareille. Il dit ça parce qu'il ne l'a jamais eue dans ses bras, il comprendrait pourquoi j'en suis dingue s'il avait eu l'occasion de passer du temps seul à seul avec elle.

Amy demande à Hailey de s'asseoir et cette dernière tombe à moitié. Bordel, cette nana est une catastrophe ambulante ! Nous nous installons face à elle et lorsque son amie lui ôte le foulard, elle cligne des yeux, puis nous regarde, surprise.

— Qu'est-ce que vous foutez là ? s'écrie-t-elle.

Un sourire heureux se forme sur son visage. Elle se lève et dit bonjour à tout le monde. Elle serre ma sœur dans ses bras. J'ai l'impression de voir deux amies de longue date se retrouver après une longue séparation. Cela fait chaud au cœur. Chaque jour, je m'étonne un peu plus de la complicité qui s'instaure entre elles deux.

— Tu étais au courant ? lui demande Hailey.
— Bien sûr que oui ! glousse ma sœur.

J'ai un bref regard du côté de Marc. Il semble triste. Il donne l'impression qu'on vient de lui arracher une partie de son âme. En cet instant, je prends réellement conscience des sentiments qu'il a développés pour ma sœur. Il a tenté de m'en convaincre ce matin, mais c'est à ce moment précis que je réalise qu'il est on ne peut plus sérieux. J'espère juste que Ron n'a pas trop abîmé les capacités de ma sœur à faire confiance à la gent masculine.

Je suis ramené à la réalité par un cri strident. Je ne sais absolument pas ce qui s'est passé, mais Hailey est dans les bras de Colton, et pas pour une parade amoureuse.

— Retire ce que tu viens de dire ! gronde mon ami.

— Ce n'est que la stricte vérité.
— Ashton, dis à ta copine de s'excuser ou je la fous à la flotte !
— J'suis pas concerné.

Ma réponse fige tout le monde. Tous les regards se tournent vers moi, se demandant si je suis sérieux ou non.

Nonchalamment, je me lève et vais chercher une bière dans la glacière qu'Amy vient de rapporter de sa voiture.

— Une bière contre ma copine.

Colton fait mine de réfléchir avant de relâcher Hailey pour se saisir de la bouteille que je lui tends.

Hailey s'approche de moi. Elle attrape mon visage et m'embrasse délicatement.

— Joyeux anniversaire, miss… lui murmuré-je en tentant de mettre dans les inflexions de ma voix tous les sentiments qu'elle m'inspire.

— Merci.

Nous nous asseyons et je passe un bras autour de ses épaules, la laissant se lover contre moi. Amy tape dans ses mains, attirant notre attention.

— Bon, à la base, je pensais faire du bateau, mais… J'ai appris que certaines personnes ici ont le mal de mer, alors ce sera une journée plage. Beach-volley, baignades, sable fin et ce que vous voudrez.

Après une partie de beach-volley, nous nous installons à nouveau sur nos serviettes et je remarque que Colton n'arrête pas de menacer ma copine du regard alors que cette dernière rit.

— Qu'est-ce que tu as à la fixer comme ça ? demande Kole, légèrement amusé.

— Hailey a soutenu Lycia quand cette dernière a dit que les coiffeurs n'avaient rien de viril, parce que d'habitude, ils sont gays.

Je tourne le regard vers ma petite amie, qui se met à rire sans pouvoir s'arrêter. Marc fixe ma sœur d'un air choqué. Je crois qu'il y en a deux qui vont passer un sale moment ! J'attrape ma copine par la taille, puis la jette sur mon épaule et cours vers la flotte. Elle hurle de rire et me tape les fesses pour que je la lâche.

— Retire ce que tu as dit.
— Pourquoi ? Tu te sens concerné ?
— Hailey, grondé-je.

Comme elle continue de rire, j'avance jusqu'à ce que l'eau soit à la hauteur de mes hanches.

— Une dernière requête, mademoiselle O'Brien ?

Aussitôt, son rire s'étrangle dans sa gorge. Elle commence à comprendre.

— Attends, t'es pas sérieux ?

La panique s'entend dans sa voix.

— Ashton... Nooon ! crie-t-elle alors que je la fais basculer de mon épaule pour la récupérer in extremis dans mes bras. Elle s'agrippe à ma nuque comme si cela allait m'arrêter. Au moment où elle commence à se détendre, pensant que je ne la jetterai finalement pas à l'eau, je relâche mes bras. De surprise, elle ne pense pas à assurer sa prise et ses mains quittent aussitôt ma nuque pour disparaître avec la belle dans l'eau de l'océan.

J'éclate de rire tandis qu'elle remonte à la surface, suffoquée, cherchant son air. Une fois qu'elle a récupéré de cette petite noyade express, je l'attrape par le pied. Aussitôt, elle crie, croyant que je vais récidiver, mais dès que ma main peut la saisir au niveau de la hanche, je la colle contre moi et lui susurre à l'oreille :

— Crois-tu vraiment que je t'aurais fait décoller au septième ciel à six reprises hier si j'étais gay ?
— Je n'ai pas dit que tu l'étais ! J'ai dit qu'en général..., s'empêtre-t-elle, toute rougissante.

Nous sommes interrompus par Lycia, qui hurle de rire et s'échappe en courant, Colton à ses trousses. Je me mets à rire à mon tour et Hailey me tape gentiment sur le torse.

— Tu pourrais défendre ta petite sœur, espèce de brute !
— Brute ?

Un sourire malicieux se dessine sur mon visage. Elle ne perd rien pour attendre !

— Hier, pourtant, ce n'est pas toi qui me suppliais d'y aller plus fort ?
— Ashton !!

À l'instar de Hailey, Lycia n'échappe pas à la sentence et finit à l'eau.

Cette scène aura été le point d'orgue de notre après-midi, qui n'a été fait que de rire, blagues, bonne humeur, boissons alcoolisées ou non, gâteau, mais surtout d'une amitié si forte qu'on a tous eu l'impression de faire partie de la même famille.

CHAPITRE 34
HAILEY

J'entame mon quatrième jour de vacances et je suis chez moi à m'ennuyer comme un rat mort. L'inconvénient des congés impromptus, c'est qu'on n'a pas le temps de s'organiser le moindre truc, personne ne peut nous tenir compagnie dans les sorties.

J'ai débloqué Ashton sur Facebook depuis deux jours, mais nous n'en avons toujours pas profité car depuis, nous avons à nouveau échangé nos numéros, donc les textos ont suffi. Mais « PMB » me manque. J'aimerais le retrouver.

Assise dans mon canapé, mon ordi sur les genoux, j'ouvre Facebook pour accéder à Messenger.

Hailey
Hey... Alors, tu n'as toujours pas trouvé ce que pouvait signifier PMB ? Un indice : actuellement, il ne s'applique plus vraiment à toi, je songe à le modifier.

Je sais qu'il ne pourra pas me répondre tout de suite. Le salon est surchargé de rendez-vous cette semaine, les garçons ne savent plus où donner de la tête. J'ai même renoncé à passer les voir par peur de les déranger.

Je suis sur le profil de mon frère, à regarder les dernières photos de ma nièce et de mon neveu lorsqu'une réponse me parvient :

Ashton
Aucune idée, je sèche. Vas-tu me le dire ? Car si tu refuses, je serai obligé de sévir...

Hailey
Que veut dire NSS ?

Ashton
Toi d'abord.

Hailey
Tu n'es pas censé travailler ?

Ashton
Hailey...

Hailey
Ashton... :)

Ashton
Je devrais finir tôt, ce soir, passe me rejoindre au salon. On réglera nos comptes une fois chez moi.

Hailey
Ta sœur ne sera pas là ?

Ashton
Non, Marc l'emmène au cinéma.

Hailey
Ils se sont réconciliés ?

Ashton
En fait, elle n'est pas encore au courant...

Hailey
Et tu vas le laisser faire ?

Ashton
Pourquoi pas ? De toute façon, s'il la fait souffrir, je lui pète les dents. Je finis à dix-huit heures. Maintenant, arrête de me déconcentrer, il y a des gens qui bossent, ici !

Non, mais quel culot ! Il ose me snober à la fin de la conversation ! Et en prime, il a habilement manœuvré, du coup, je ne sais toujours pas ce que signifie NSS.

Comme il me reste encore une heure avant de partir pour le rejoindre, je continue mes investigations sur le profil de mon frère. C'est assez ironique que nous soyons amis sur Facebook alors que nous ne nous sommes pas parlé depuis des années. Il se préoccupe tellement de sa petite sœur qu'il n'a même pas songé à moi pour mon anniversaire. J'aurais presque pu être déçue si je n'avais pas su à l'avance qu'il n'aurait pas une seule pensée pour moi. Et le comble dans cette histoire ? C'est qu'il ne peut même pas s'excuser en disant qu'il n'a pas fait attention à la date car sa fille est née le même jour. Je me souviens de la crise que j'ai faite lorsqu'elle est née. Quelle gamine de quatorze ans n'en taperait pas une quand, au moment de souffler ses bougies d'anniversaire, il faut se dépêcher d'aller à la maternité ? J'ai fait mon hystérique ce jour-là, refusant net de gâcher ma fête pour eux. Mes parents ont eu honte de moi, mon frère, lui, m'a juste regardée droit dans les yeux pour me faire percevoir à quel point il était blasé et ne s'est plus jamais préoccupé de moi.

Voir les photos de l'anniversaire de sa fille me fait mal au cœur. Il a sa petite famille parfaite, mes parents étaient même présents. « Marché des antiquités »... Mon cul...

Malgré les années, malgré la rancœur, je ne cesse d'espérer qu'un jour, les choses s'arrangent. Mais j'en doute fortement.

Je viens à peine de refermer la page lorsque mon mobile sonne. C'est le numéro de Stacy. Je ne peux m'empêcher de froncer les sourcils d'inquiétude en décrochant.

— Oui, allô ?
— Hailey, désolée de te déranger durant tes congés. Saurais-tu à quel numéro je peux joindre ton ami ? Il ne répond pas sur son mobile.
— Je n'ai pas d'autre numéro, mais je dois le rejoindre dans moins d'une heure. Que se passe-t-il ?
— La partie adverse demande une conciliation.
Je n'en crois pas mes oreilles. Si ce sont eux les plaignants, pourquoi demander une conciliation ?
— Qu'en penses-tu ?
— J'ai besoin de parler à Ashton. J'ai peut-être une idée, mais cela risque de ne pas lui plaire.
— OK, je lui dis de te rappeler dès que j'arrive au salon.
— Je te remercie, Hailey. Désolée encore de t'avoir dérangée.
— Pas de problème.
À peine ai-je raccroché que je tente de joindre Ashton. Mais tout comme Stacy, je tombe immédiatement sur le répondeur. Je me sens incapable de rester à attendre encore chez moi avec cette information. Du coup, je décide de me rendre au salon, je patienterai là-bas.
Quand j'arrive, Ashton dit au revoir à sa cliente et sourit franchement en me voyant entrer.
— Tu es en avance, dit-il en m'embrassant doucement.
— Je m'ennuyais.
Il rit.
— Ne dis pas ça aux autres.
— Il faut que je te parle.
— Je n'aime pas trop quand ma copine me dit ça, ça pue la merde.
Je lui souris pour le rassurer.
— Ce n'est pas à notre sujet. Stacy a essayé de te joindre. Est-ce que tu peux la rappeler ? C'est genre super urgent !
L'inquiétude a définitivement remplacé la joie de me voir sur son visage. Il m'entraîne vers la salle de pause en indiquant juste à ses amis qu'il revient.

Une fois enfermé, il sort son téléphone de sa poche avant de lâcher ses nerfs en insultes assez colorées. L'appareil est éteint. Quand il tente de le rallumer, rien ne se passe. Il est clair qu'il n'a plus de batterie, alors je lui tends le mien. Sans même un merci, il s'en saisit, cherche le numéro de Stacy dans le répertoire et colle l'appareil à son oreille.

Je n'ai aucune idée de ce que lui dit ma supérieure, mais effectivement, cela ne semble pas plaire à Ashton. Il se renfrogne toujours plus au fil des minutes qui défilent. Lorsque Marc toque à la porte pour nous indiquer que la cliente suivante est arrivée, Ashton perd patience.

— Oui, c'est bon, j'ai dit que je revenais ! tonne-t-il à travers la porte.

Je ne peux retenir un sursaut face à son ton rogue. Je n'ai pas peur de lui, c'est plus la surprise de l'entendre parler de cette façon à son ami qui me fait réagir ainsi.

Quand il raccroche, il me tend mon téléphone sans un mot. Il ouvre la porte et retourne travailler, me laissant seule ici. Je ne sais pas trop quoi faire. Dois-je partir ? Rester ici à l'attendre ? Finalement, c'est Colton qui arrive dans la pièce, surpris de me voir debout, figée.

— Tout va bien, Hailey ?
— Quoi ? Oui… Oui, ça va.

Il marmonne quelque chose que je ne comprends pas. Je crois entendre un « putain d'Ashton », mais n'en suis pas sûre. Il pose le pinceau et le petit pot qu'il tenait et se place face à moi.

— Ashton est un imbécile. Il a pris l'habitude de réagir comme un con dans certaines situations. Qu'est-ce qui l'a mis en colère comme ça ?
— Un appel à l'avocate qui gère son dossier.
— Rassure-moi, il ne s'en est pas pris à toi ?

J'écarquille les yeux.

— Mon Dieu, non ! Bien sûr que non, Colton !
— Tant mieux. Je t'aime bien, Hailey, et ça me ferait chier que cet enfoiré foute tout en l'air entre vous.

Je souris, reconnaissante de ce petit aveu de sa part. Je décide d'aller faire un tour en attendant qu'Ashton termine avec ses clientes. Je n'ai pas envie d'être dans ses pattes en ce moment, surtout pas après l'épisode dans la salle de pause. Comme le salon n'est pas très loin de la plage, je vais m'y installer un instant. Je remonte légèrement mon débardeur pour bronzer.

Je crois que je me suis assoupie un long moment, car quand j'ouvre les yeux, le soleil est déjà bien plus bas dans le ciel. Mon portable vibre dans mon sac. Je tente de retrouver mes esprits dans le brouillard post-réveil et l'attrape. C'est Ashton.

— Hailey ? me demande-t-il prudemment.

— Salut.

— Où es-tu ?

Je regarde l'heure sur mon portable et crie de surprise : il est dix-neuf heures.

— Oh bon sang ! Je suis désolée, je me suis assoupie à la plage et…

— Tu m'as fait peur ! Tu es loin du salon ? On se retrouve chez moi ?

— J'arrive d'ici quelques minutes.

CHAPITRE 35
Ashton

— Tu déconnes ? s'écrie Lycia lorsque je lui apprends que je suis plutôt d'accord avec Marc.
— Lycia…
— Mais j'y crois pas ! Il y a deux semaines, tu jettes Hailey, tu envoies quasiment ton poing dans la tronche de Marc, et maintenant, tu penses que c'est une bonne idée que j'aille au cinéma avec lui ? Va te faire soigner, Ash ! Je n'irai pas !

Mais les femmes, putain ! ça souffle le chaud et cinq minutes après, le froid ! Bon sang, entre Lycia et Hailey, je comprends pourquoi le courant passe si bien ! Elles doivent avoir établi un pacte pour me rendre dingue, je ne vois pas d'autres possibilités.

La sonnette retentit, Lycia me supplie du regard de ne pas l'y forcer. Je pose mes mains sur ses épaules.

— Marc ne te fera jamais de mal, tu le sais ! Il t'a toujours protégée, pourquoi est-ce que ça changerait ?
— Tu ne comprends vraiment rien, abruti ! Je… Oh punaise, je n'arrive pas à croire que je vais dire ça devant toi, mais… Il me plaît… Je panique, OK ?

— Comment ça ? dis-je en ouvrant la porte.

Hailey est sur le palier, sourire d'excuse aux lèvres.

— Salut.

Elle m'embrasse sur la joue et je n'ai pas le temps de lui répondre que ma sœur la tire par la main et s'enferme dans ma chambre avec elle.

— Hey ! C'est ma copine ! ne puis-je m'empêcher de crier au moment où elle claque la porte.

Je ne peux retenir mon sourire amusé. Pour sûr, Lycia lui confie toutes ses craintes face à son rendez-vous arrangé. Quant à moi, je suis bien tenté d'aller coller mon oreille contre la porte, mais encore une fois, la sonnette retentit. Je vais ouvrir à Marc.

— Elle sait ? attaque directement mon ami.

— Hum. Ouais. Elle s'est enfermée dans ma chambre avec Hailey.

Il sourit, amusé et un peu mal à l'aise malgré tout.

— Pourquoi ?

— Parce que c'est une femme et qu'elle ne veut pas se confier à son frère au sujet des gars qu'elle aime bien... Surtout si ce gars en question est accessoirement le meilleur pote de son frère, tu vois ?

— Lycia flashe sur Colton ? demande Marc innocemment.

— Putain ! Lui, il n'a vraiment pas intérêt à la toucher ! On connaît son penchant pour les coups d'un soir.

— Parce qu'avant Hailey, vous n'étiez pas en compétition pour savoir lequel aurait le plus de femmes dans son lit ?

— Ta gueule, Marc !

Je vais frapper à la porte de la chambre.

— Lycia ? Marc est arrivé.

Je crois entendre un « Je le déteste » avant que ma copine éclate de rire. Reste à savoir de qui elle parle. Marc ou moi ? Elles sortent finalement de la chambre. Lycia m'adresse un sourire forcé. Bon, je peux comprendre qu'elle ne soit pas très contente du coup que je lui ai fait dans son dos. Mais, je n'aurais jamais fait ça pour un autre mec que Marc. Je lui fais confiance. Après la fureur lorsque j'ai appris son attirance pour ma sœur vient l'amitié que j'éprouve pour lui. Et je sais que jamais il ne lui ferait de mal intentionnellement. Je préfère leur laisser un peu d'intimité et entraîne Hailey au salon. Nous les entendons juste nous dire au revoir et la porte claque.

— T'es sûr de ton coup, avec ta sœur ?

— Tu crois qu'elle va m'en vouloir ?

Hailey se met à rire.

— Quand Lycia me confie quelque chose, ce n'est pas pour que je le répète, même à son grand frère !

Je souris malicieusement.

— Même sous la torture ?

Elle hoche la tête. Ah ouais ?

— T'es bien sûre de toi ?

— Ash ! Ta sœur me fait confiance…

Je l'attire dans mes bras. Tout ceci n'est qu'une excuse pour avoir un meilleur accès à ses côtes. Quand elle sent mes mains aller se positionner où elle est chatouilleuse, Hailey tente de se débattre.

— Non ! Ash, arrête !

— Qu'est-ce que Lycia t'a confié ?

Elle se met à rire quand je fais une légère pression avec mes doigts.

— Tu triches, arrête !

Soudain, je me souviens de notre conversation via Messenger cet après-midi.

— D'accord. Soit tu me confies ce que t'a dit Lycia, soit tu me dis ce que signifie « PMB ».

— Seulement si tu me dis d'abord pour « NSS ».

— Vous n'êtes pas en position de force pour marchander, mademoiselle O'Brien.

Elle hésite un instant, mais quand elle sent à nouveau mes doigts la chatouiller, elle se débat et crie qu'elle se rend.

— Garde juste à l'esprit que je t'ai donné ce surnom quand tu m'énervais et qu'on n'était pas encore ensemble...
— Hailey, abrège.
Elle me répond à une vitesse hallucinante, du coup, je n'ai pas compris le moindre mot.
— Je n'ai rien compris, plus lentement.
— Pigeon... mal baisé, répond-elle rapidement.
J'ai bien entendu « mal baisé » ? J'écarquille les yeux : le surnom que je lui ai donné est beaucoup plus sympa !
— Je te demande pardon ? Tu... Oh putain, Hailey, tu vas tellement le regretter ! dis-je avec amusement.
— Non ! Ce... C'était avant que tu... enfin que nous... Ashton, il y a prescription !
— Tu sais ce que je crois ? Qu'un passage sous l'eau froide te remettrait les idées en place.
Et sans plus attendre, je me lève, l'attrape pour la balancer sur mon épaule et me rends en direction de la salle de bains.
— Non ! Non, ne fais pas ça, s'il te plaît !
Elle peut crier tant qu'elle le souhaite, je ne vais pas la laisser s'en sortir aussi facilement. Je tire le rideau de douche d'une main et enclenche l'eau. Elle gesticule toujours, mais je la tiens fermement. Je laisse quelques secondes passer avant de la mettre pied-à-terre et de la pousser sous l'eau. Elle hurle de surprise car, évidemment, l'eau est glacée.
Le débardeur blanc trempé me montre une très belle image de ce qu'elle cache dessous : un soutien-gorge en dentelle qui me donne envie de la plaquer contre le mur et de l'embrasser sauvagement. J'éteins l'eau et ne la laisse même pas réaliser ce qu'il lui arrive que je l'attrape pour la soulever et l'appuyer contre le mur de la douche. Elle émet un hoquet de surprise lorsque je fonce sur ses lèvres. J'ai tellement envie d'elle que tout mon corps tremble. Elle noue ses jambes autour de ma taille, tandis que je passe une main sous ses fesses pour la maintenir. Je l'embrasse voracement dans le cou, redoublant ses gémissements. Son bassin se frotte contre moi et je me

mets à grogner. Elle ôte son débardeur trempé et je décroche son soutien-gorge de ma main libre. Elle est à moitié nue, essoufflée comme jamais. Trempés ou pas, je sors de cette douche pour aller dans ma chambre.

— Attends, dit-elle à bout de souffle. C'est où dort ta sœur et…

— OK, salon !

Je change de direction et vais l'allonger sur mon canapé.

CHAPITRE 36
Hailey

La soirée a été inoubliable. Du moins jusqu'au retour de Lycia. Là, il m'a bien fallu rentrer chez moi, seule et affublée d'un jogging et d'un tee-shirt d'Ashton, mes fringues ayant fini détrempées. J'en ai presque regretté qu'il héberge sa sœur avant de m'en vouloir aussitôt. C'est une bonne chose qu'elle vive chez lui. Qui sait ce qui lui arriverait si elle devait retourner chez sa mère !

Dans le taxi qui me ramène chez moi, je regarde la ville défiler au travers de la vitre. Lycia m'a demandé des conseils en début de soirée et j'ai tenté de l'aider du mieux que je le pouvais en sachant que je n'ai jamais eu à vivre une situation telle que la sienne. Elle sort tout juste de l'adolescence et a mûri trop vite. J'ai parfois l'impression qu'elle est plus âgée que moi. De la voir rentrer ce soir, une nouvelle fois les larmes perlant au coin des yeux, mon cœur s'est serré. Marc était à l'entrée, dans un état presque similaire, mais sa tristesse était un peu mieux dissimulée. S'en sortiront-ils tous les deux ? Je ne le sais pas.

Arrivée en bas de chez moi, je paie le taxi et me dépêche de rejoindre mon appartement. Demain, j'accompagne Ashton voir Stacy. Elle souhaite mettre en place avec lui une défense en vue de la conciliation qui a été programmée en début d'après-midi. Sans accord amiable, le procès aura lieu d'ici à un mois. J'ai un peu peur du déroulement de la journée, peur qu'Ashton ne puisse garder son calme face à l'agresseur de sa sœur, et j'appréhende fortement sa réaction si sa mère se présentait aux côtés de cette enflure.

Je passe la nuit à me tourner et me retourner dans mon lit. Incapable de dormir, je finis par saisir mon téléphone aux alentours de deux heures du matin pour envoyer un texto.

Hailey
Je n'arrive pas à dormir.

Ashton
Bienvenue au club. Marc est parti il y a une heure. Ma sœur est à nouveau enfermée dans sa chambre.

Hailey
Ça va aller pour demain ?

Ashton
Il le faudra bien. Marc m'a proposé de rester avec Lycia pendant nos rendez-vous.

Hailey
Elle est au courant ?

Ashton
Du rendez-vous au tribunal ou que Marc va jouer les baby-sitters ?

Hailey
Les deux.

Ashton
…

Ses points de suspension valent toutes les réponses du monde. Il ne lui a toujours pas annoncé que demain, il allait revoir son agresseur. Est-ce une bonne chose de la laisser dans l'ignorance ? Je n'en suis pas totalement convaincue.

Ashton
Essaie de dormir, miss. Demain sera éprouvant, j'ai besoin de toi à mes côtés pour ne pas péter les plombs.

Ce vote de confiance dans ma capacité à alléger son humeur m'amène du baume au cœur.

Hailey
Bonne nuit, Ash.

Ashton
Bonne nuit, NSS.

J'éclate de rire, seule dans mon lit. Ce soir, j'ai pris une douche froide, et je ne sais toujours pas ce que peut vouloir dire NSS.

La matinée a été rude. Ashton est littéralement entré dans une fureur noire lorsque Stacy lui a exposé ce que réclamait la partie adverse, cela a été pire quand elle lui a annoncé ce qu'elle envisageait en réponse. Tout l'étage a certainement entendu Ashton hurler et partir en claquant la porte. Stacy et moi nous sommes regardées un long moment avant que je ne me décide à quitter la pièce à mon tour pour tenter de le rattraper.

— Nous n'avons guère d'options supplémentaires, Hailey, tu le sais aussi bien que moi. Fais-lui entendre raison avant cet après-midi, m'a suggéré Stacy au moment où je passais le pas de la porte.

Je suis restée silencieuse. Je n'ai fait aucune promesse car en l'état actuel, je ne suis pas certaine que sa solution soit bonne. Et si cela foirait, quelles en seraient conséquences. Elle a beau être totalement confiante dans sa démarche, elle ne peut garantir le résultat à cent pour cent.

Je retrouve Ashton en bas de l'immeuble. Mains sur la tête, il tourne en rond comme un lion en cage. Il ne m'a pas encore vue et je ne sais pas quoi lui dire pour atténuer sa colère.

Quand son regard rencontre enfin le mien, je suis saisie par la terreur qu'il dévoile.

— Je ne peux pas faire ça, me dit il.

Sa voix trahit son angoisse. Je m'approche de lui et l'enlace par la taille. Aussitôt, ses bras se referment sur moi. Il met autant de ferveur dans ce câlin qu'il en mettrait à s'accrocher à sa bouée de sauvetage dans une mer déchaînée. J'entends les larmes qu'il tente de contenir quand il reprend d'une voix mal assurée :

— Je ne peux pas lui faire ça, Hailey. Quel genre de type cela ferait-il de moi ?

— Tu dois lui parler, Ash, elle doit savoir.

Il reste d'abord silencieux avant de soupirer. Il sait que j'ai raison.

— On peut aller chez moi, si tu veux, lui proposé-je.

Il acquiesce et nous prenons la route ensemble, main dans la main. Le retour se fait à pied. Ashton n'a toujours pas dit un mot quand nous arrivons en bas de l'immeuble.

Quand j'ouvre la porte de mon appartement, il part s'installer directement dans le canapé, non sans avoir sorti son téléphone portable de sa poche.

Je préfère le laisser seul pour parler à sa sœur, alors, je me dirige vers la cuisine et commence à préparer le repas. Je n'ai absolument pas faim, mais nous devons manger avant de retourner au bureau. Stacy nous y attend pour quatorze heures, ensuite, nous rallierons tous ensemble le tribunal qui, pour l'occasion, nous a prêté une salle. Un endroit neutre où aucune violence ne pourra avoir lieu.

Alors que je suis en train d'émincer des poivrons après avoir mis rapidement à mariner du poulet, je l'entends murmurer. Je vais jeter un coup d'œil rapide, il est au téléphone. Je retourne alors à la cuisine. Il a besoin d'intimité et je la lui laisse.

Je viens juste de terminer de faire sauter les légumes lorsque deux bras viennent m'enlacer. Tout à ce que je faisais, je ne l'ai pas entendu arriver et ne peux retenir un léger sursaut de surprise.

— Comment a-t-elle pris les choses ?, je lui demande sans quitter le wok des yeux.

— Disons qu'elle est plus en colère par la présence de Marc dans notre appartement que par ce que je lui ai dit de la stratégie de Stacy.

— Elle te donne son feu vert ?

— On peut dire les choses comme ça, mais je n'aime pas ça. Ce n'est pas à elle de me protéger. Tu prépares quoi ?

— Poulet sauté aux légumes. Pour en revenir à ta sœur, tu la protèges autant que tu peux depuis la mort de ton père. Et puis, peut-être que ce pourrait avoir de bonnes répercussions pour elle, ajouté-je d'un ton incertain.

Comme je m'y attendais, Ashton se crispe immédiatement.

— Quelle bonne répercussion pourrait-il y avoir là-dedans ?

— Les répercussions psychologiques, mon cher. Cela pourrait l'aider à tourner la page. Sors les assiettes du placard, c'est prêt.

En dehors d'un compliment sur mon plat, Ashton n'est guère bavard durant le repas. J'espère juste qu'il réfléchit à ce que je lui ai dit et qu'il comprendra ce que j'ai voulu lui expliquer.

C'est emplis d'incertitude pour la suite que nous rejoignons Stacy à l'heure dite.

CHAPITRE 37
Ashton

Se retrouver dans un tribunal a de quoi en impressionner plus d'un. En tout cas, moi, je le suis. À voir tous ces hommes et femmes en costume, je me sens déplacé avec mon jean. Si Hailey n'était pas en train de me tenir la main, je crois que je pourrais facilement prendre peur et partir en courant. À chaque instant, je dois me rappeler que nous sommes là pour une conciliation, et non pour mon jugement. D'ailleurs, si un terrain d'entente est trouvé, il est fort probable que celui-ci n'ait jamais lieu. Stacy ne cesse de me dire d'arrêter de m'inquiéter, que tout se passera bien. Pourtant, j'ai l'impression de jouer ma vie, et pire : de jouer avec celle de ma sœur. Car si je devais un jour être condamné, qui s'occuperait d'elle ?

Il nous faut attendre près de vingt minutes avant que la partie adverse n'arrive. Est-ce un effet voulu de leur part ? En tout cas, chaque minute de retard a augmenté mon stress et je suis désormais aussi tendu que la corde d'un arc. Je suis également déçu. Qui ne le serait pas en voyant ma mère aux côtés de Ron. Elle ne me regarde même pas dans les yeux. Cet enfoiré a passé un bras autour de sa taille, la maintenant collée contre lui. Je voudrais pouvoir lui arracher le bras, l'éloigner d'elle à tout jamais. Malheureusement, je n'ai pas ce pouvoir. La seule chose que je puisse essayer de faire, c'est de tenir Lycia éloignée de tout cela au maximum.

L'avocat de Ron est à l'image de ce dernier. Pas très grand, ventre bedonnant, crâne chauve. Ne lui manque que le tee shirt graisseux pour remplacer le costume. D'ailleurs, ce connard a également fait un effort vestimentaire, se présentant dans un pantalon de toile et chemisette. Je me demande qui les lui a payés. Ma mère ?

Stacy salue rapidement et courtoisement tout le monde et nous invite à entrer dans la salle. Chaque partie s'installe d'un côté de la table et les avocats sortent leurs dossiers. Le nôtre n'est pas très épais, mais bien plus qu'il ne le devrait malgré tout.

— Maître, commence Stacy, ce rendez-vous étant à votre initiative, nous vous laissons débuter.

L'avocat de Ron se racle la gorge avant de commencer son réquisitoire.

— Bien. Cette conciliation a lieu dans un but de main tendue. Vous n'ignorez sûrement pas, chère consœur, que mon client est le conjoint de la mère du vôtre. Dans ce but, ce dernier consent à admettre qu'il y a eu un malentendu ayant poussé Monsieur Mason à agir en pensant protéger sa mère. Il accepte donc de retirer sa plainte. En contrepartie, votre client présentera au mien des excuses écrites et sa sœur reviendra au domicile familial. Domicile qu'elle n'aurait jamais dû quitter et par conséquent, raison pour laquelle Monsieur Palmer et sa conjointe ici présents pourraient solliciter l'intervention des services sociaux.

À l'énoncé de cette menace cachée, je ne peux m'empêcher de me redresser complètement sur mon siège. Je suis sur le point de réagir en les insultant, en refusant catégoriquement leurs exigences. C'est la main de Hailey qui me calme lorsqu'elle se pose sur ma cuisse. Dans ce geste, elle me rappelle que nous nous attendions à quelque chose comme ça. Je dois faire confiance à Stacy. Je n'ai de toute façon pas d'autre choix.

— Je pense parler au nom de mon client, commence Stacy, en refusant votre proposition. Nous sommes également venus avec notre propre proposition à vous soumettre.

Mon regard est fixé sur Ron et ma mère. Lui fulmine, tandis qu'elle semble mal à l'aise. Je suis un peu rassuré par son inconfort. Tout n'est peut-être pas encore perdu. Je suis sorti de ma rêverie par la voix de Stacy.

— Le dossier que nous avons là, dit-elle en posant une main sur le dossier qu'elle a sorti plus tôt, est prêt à partir chez le juge qui doit statuer de la culpabilité de Monsieur Mason pour les coups et blessures à l'encontre de votre client. Il ne nie nullement les faits dont il est accusé. Mais… Nous avons ici assez de preuves pour justifier de circonstances atténuantes, dont le témoignage sous serment de la jeune Lycia Mason accusant votre client de viol à répétition sur la durée où ils ont dû partager le même toit. Mon client risquera tout au plus des travaux d'intérêt général alors que le vôtre risque la prison. Et en prison, on n'aime guère les violeurs d'enfants.

Je vois immédiatement ma mère pâlir. Elle a un mouvement de recul et un regard horrifié dirigé sur Ron. Je comprends alors que même si elle craignait qu'il ne lui fasse du mal un jour, elle n'a jamais su qu'il lui en avait déjà fait. Enfin, elle ose me regarder dans les yeux. Je ne vois en elle que culpabilité, remords, tristesse. Qu'est donc devenue ma mère au contact de cet homme ?

— Voici notre proposition : votre client a vingt-quatre heures pour quitter le domicile de Madame Mason et s'engage à ne plus jamais entrer en contact avec un seul membre de leur famille que ce soit actuel ou futur. Il renonce également à sa plainte contre Monsieur Mason. Si votre client contrevient à une seule de ces exigences, nous déposerons alors immédiatement une plainte pour viol sur mineur.

Ma mère a désormais son regard fixé sur la table ; Ron, quant à lui, laisse transparaître toute la haine que je lui inspire. Il ne détourne pas un seul instant les yeux tandis que son avocat lui parle à voix basse à l'oreille. Je ne sais pas ce que ce dernier lui dit, mais il finit par hocher la tête pour donner son accord.

— Mon client accepte votre proposition. Il demande par contre un délai de soixante-douze heures afin de trouver où se loger.

— Il aura quitté la maison dans les vingt-quatre heures, sinon j'appelle la police pour le déloger moi-même, intervient ma mère pour la première fois.

À peine sa phrase terminée, elle se lève et quitte la salle. J'aimerais pouvoir la suivre, mais Stacy me fait signe de ne pas bouger de ma place.

— Vingt-quatre heures, et voici les documents stipulant l'accord.

Ron saisit rageusement la liasse de feuillets, les parcourt rapidement et les signe. Enfin, lui et son avocat se lèvent et quittent la pièce.

Je n'en reviens pas ! Nous avons gagné ! Je me tourne vers Hailey, qui a du mal à dissimuler sa joie. Elle remercie chaleureusement Stacy en la serrant dans ses bras. Quant à moi, je pourrais me mettre à genoux devant elle, tant je lui suis reconnaissant pour le boulot qu'elle a accompli.

— Stacy, je ne sais comment vous remercier.

— Je n'ai fait que mon devoir. Hailey, on se voit au bureau à la fin de tes vacances ?

Nous lui emboîtons le pas et je suis surpris de retrouver ma mère à l'extérieur. Elle semble mal à l'aise et Hailey comprend qu'il est temps de nous laisser de l'intimité. Je l'embrasse sur le front et lui demande de m'attendre chez moi. Ma mère me demande si je veux bien marcher avec elle et j'accepte silencieusement.

— Ashton, j'ai si honte…

— Tu ne t'es vraiment aperçue de rien ? Je veux dire, Lycia est ta fille.

— Tu sais, au départ, Ron me rendait vraiment heureuse. Depuis ton père… Je pensais vraiment que plus jamais je ne ressentirais de tels sentiments.

Je n'aime pas la voir dans cet état, mais je crois qu'il est plus que l'heure de mettre les choses à plat.

— Ce n'est pas le lieu pour en parler. Si tu acceptes de venir à la maison… Lycia sera là ainsi que Hailey…

— C'est ta petite amie ? demande-t-elle doucement, comme si elle craignait que je m'énerve contre elle.

— Ouais.

Nous rentrons finalement chez moi. Ma mère est mal à l'aise, elle me confie combien elle a peur que Lycia la rejette. Je la préviens qu'il faudra qu'elle s'arme de patience face à ma sœur. Pas sûr qu'elle lui saute dans les bras.

J'ouvre la porte et Hailey se retourne brusquement en fronçant les sourcils, juste avant de sourire, soulagée. Quand ma mère me suit, elle se met à rougir. Sérieusement ? Elle l'a eue face à elle pendant la conciliation et ce n'est que maintenant qu'elle a peur de ce que pourrait penser la femme qui m'a mis au monde ? Je dois me retenir de rire tant je la trouve adorable. Je fais rapidement les présentations.

— Je… Enchantée, Hailey.

— Madame Mason, se contente-t-elle de répondre.

Je sens la froideur qui se dégage du corps de ma copine. Je grimace, je comprends totalement sa réaction et pour le coup, j'appréhende celle de ma sœur. En parlant du loup, nous entendons cette dernière éclater de rire. J'adresse un regard interrogateur à Hailey, qui m'apprend qu'Amy et Kole sont là. Je vois ma mère se tendre.

— Je… Je crois que je vais vous laisser entre vous. Embrasse ta sœur pour moi.

— Maman… Si tu veux, je vais la chercher.

— Je ne sais pas, Ashton.

Elle n'a pas le temps de plus parlementer, Lycia débarque et se fige en la voyant. Hailey se dépêche de nous laisser toute l'intimité dont nous avons besoin. Cette fille est dotée d'une compréhension exceptionnelle et d'un énorme cœur.

CHAPITRE 38
Hailey

Deux jours plus tard, Ashton est allongé dans mon canapé, la tête sur mes genoux. Entre Lycia et sa mère, ce n'est pas la grande complicité, mais sa jeune sœur a accepté de la revoir à condition qu'elle puisse continuer à vivre un moment chez son frère.

— Ash ? demandé-je.

— Ouais ?

— Que veut dire « NSS » ?

Il éclate de rire.

— T'aimerais bien le savoir, hein ?

— Je t'ai dit pour « PMB ».

Il se relève et m'adresse un regard taquin. Il m'embrasse tendrement et se penche vers mon oreille. Il murmure :

— Nana Super Sexy.

Je sens le rouge me monter aux joues. Oh ben merde, alors ! Je ne m'attendais pas à ça… Moi je pensais à Naine Sans Seins, ou je ne sais pas… Quelque chose de pas très cool, quoi ! La sonnerie de mon portable vient briser ce moment. C'est ma mère qui tente de me joindre – encore ! Je fronce les sourcils :

normalement, elle m'appelle toujours sur le fixe. Et ça me revient ! Je l'ai débranché pour être tranquille avec Ashton.

Depuis que j'ai vu sur Facebook que mes parents étaient présents à l'anniversaire de ma nièce, et non au marché, je ne leur ai plus adressé la parole. Je me sens profondément trahie et blessée. Ce n'est pas tant le fait qu'ils aient passé leur journée là-bas, mais plutôt qu'ils se soient sentis obligés de me mentir. Une larme roule soudainement sur mes joues.

— Hailey ? Tout va bien ?

Je secoue la tête, tentant de reprendre contenance.

— Ouais…

Il attrape mon menton doucement dans l'une de ses paumes.

— Miss ? Regarde-moi.

Je m'exécute.

— Pas de secrets entre nous, tu peux tout me dire.

Je me résigne, car je sais qu'il ne lâchera pas l'affaire.

— Ma mère souhaite que je parte quelques jours chez eux et que tu m'accompagnes…

— Ah oui ? Et tu n'en as pas envie ? Ce n'est pas comme si tu ne lui avais pas dit peu de temps après notre rencontre que j'étais ton copain…

Il m'adresse un sourire espiègle et je suis grillée. Je rougis, tente de m'expliquer, mais il finit par éclater de rire, me disant qu'il ne m'en veut pas.

— Tu ne m'as jamais parlé de ta famille, Hailey. Tu n'as pas de frères et sœurs ?

Je savais bien que je ne pourrais pas éviter la discussion indéfiniment.

— J'ai un frère. Il s'appelle Brandon et a trente-trois ans. Il est marié, a deux enfants, une fille et un garçon.

— Je suis certain qu'ils t'adorent !

S'il savait…

— Eh bien… Je n'en sais rien. Je ne les ai quasiment jamais vus.

Et voilà, la bombe vient d'être lâchée. Elle atteint le sol et fait tout exploser autour d'elle. Ashton ne dit rien, mais son silence veut tout dire.

— Tu veux en parler plus en détail ? demande-t-il.

Je secoue la tête. Non, je préfère oublier que je ne connais pas mon neveu et ma nièce. Je souffre atrocement, car ils ne savent certainement pas qu'ils ont une tante du côté de leur père. Mon portable sonne à nouveau.

— Tu devrais répondre, miss. C'est peut-être une urgence.

Un peu plus et je me mettrais à rire. Si le prix du kilo de bananes augmentait d'un centime, ma mère m'appellerait pour me faire part de son effroi. Je finis tout de même par décrocher.

— Enfin ! s'écrie-t-elle en guise de salutations

— Salut, m'man.

— Quand est-ce que tu viens ? Tes vacances se terminent bientôt et ton père et moi t'attendons…

— J'ai eu beaucoup de choses à faire.

— As-tu pu demander à A… Andrew ? Non... Aaron.

— Ashton, maman, dis-je d'un ton las. Il s'appelle Ashton.

Ce dernier me lance un regard moqueur et me donne une pichenette sur le nez. Je tape doucement sur sa main pour qu'il arrête de m'embêter.

— Oui, Ashton. Sera-t-il là ?

— Je n'en sais rien. Si tu as deux minutes, je le lui demande et…

— Il est chez toi ?!

Je me tape sur le front. Oh merde ! À tous les coups, elle va vouloir lui parler afin qu'elle puisse déjà « apprendre à le connaître ». Si elle lui demande s'il a déjà vu ma petite fleur, j'engage Stacy comme avocate afin de me défendre pour le meurtre de ma mère.

Et ça ne manque pas. Je tends le combiné à Ashton, qui secoue vivement la tête. Ben voyons ! J'ai rencontré sa mère pour la première fois au tribunal et lui, il a la trouille de parler à la mienne au téléphone ? Je ne lui laisse pas le choix, lui fourre le téléphone dans les mains et me dirige vers la cuisine. Je l'entends saluer ma mère poliment, mais je n'en écoute pas plus. De toute manière, je sais déjà qu'elle va le cuisiner pour savoir comment nous nous sommes rencontrés, elle va même lui implorer de me convaincre d'aller les voir plus souvent. C'est tellement prévisible !

Après dix bonnes minutes, Ashton me tend à nouveau mon téléphone et semble s'excuser d'avance. Je n'ai pas le temps de parler que ma mère se met à baragouiner joyeusement.

— Ashton peut se libérer à partir de jeudi matin. Donc, on se voit jeudi dans la journée. Je suis si heureuse de rencontrer l'homme qui fait battre ton cœur, ma chérie !

Il a fait quoi ?! Oh bon sang ! Je raccroche quelques secondes plus tard, alors qu'il s'en va discrètement vers ma chambre.

— Ash ! Demi-tour !

Il stoppe dans son élan et se tourne gentiment, affichant un petit sourire d'enfant souhaitant se faire pardonner une bêtise.

— Tu as dit à ma mère qu'on irait la voir jeudi ? Dans deux jours ?

— Je ne pouvais pas lui dire non, Hailey. C'est ta mère !

— Je ne sais pas si je dois être en colère ou si… Oh ! Je sais. Pas de sexe jusqu'à ce qu'on revienne dimanche soir.

Face à sa mine horrifiée, j'ai du mal à contenir un fou rire. Fallait pas me faire ce coup, Ash !

— T'es sérieuse ?

— Ouais.

— Je te mets au défi de me résister, alors.

Je perds mon sourire triomphant. S'il décide de tout entreprendre pour me faire craquer, je ne suis pas certaine de savoir lui tenir tête. Pourtant, jamais je ne l'avouerai, alors je réponds à son regard rempli de défi.

— On parie quoi ? demande-t-il taquin.

— Ne te fais pas d'illusions, Ash, tu ne gagneras pas.

Il se met à rire et je comprends que je viens de lui donner une motivation supplémentaire. Bon, maintenant, il ne reste plus qu'à faire comprendre à mon corps qu'il a intérêt à coopérer avec moi, et non avec celui qui lui promet tant de plaisir qu'il en redemande à chaque fois.

CHAPITRE 39
Ashton

C'est qu'elle a réussi à me tenir tête ! Nous sommes dans l'avion, confortablement – ou presque – installés à attendre que les autres passagers fassent de même. Hailey sort un chewing-gum et me tend le paquet. Je la remercie et m'en empare. Elle range ensuite ses écouteurs et son portable dans la petite poche du siège devant elle. Quant à moi, je checke une dernière fois mes messages avant de glisser mon cellulaire dans la poche de mon jean.

— Ma mère ne va pas te lâcher, je te préviens !
— Telle mère, telle fille !

Elle me donne un coup dans l'épaule. Je grimace en riant, c'est qu'elle y a mis de la force !

— Oh, allez, tu vas m'en vouloir encore longtemps ?
— Au moins jusqu'à notre retour, me répond-elle le plus sérieusement du monde.

Non seulement je n'ai pas eu de sexe depuis que j'ai dit à sa mère que nous venions, mais en prime, la miss a été de mauvaise humeur. J'ai toléré jusqu'ici, mais à un moment, il va falloir que cela s'arrête.

— Ce ne sont que tes parents. Ils t'aiment, tu leur manques, il est normal qu'ils veuillent que tu viennes les voir.

— On voit que tu ne les connais pas encore. Ils ont tendance à se mêler de la vie des autres.

— Eh bien, dis-toi que ce pourrait être pire. Ils auraient pu venir jusque chez toi. Imagine, toi, moi, dans un lit, et tes parents qui débarquent à l'improviste.

L'image la fait sourire. Pas autant que je le voudrais, mais elle se déride un peu. Et c'est tant mieux, car j'ose à peine imaginer ce que ses parents penseront de moi si dès l'arrivée, leur fille me fait la gueule.

Elle est restée silencieuse durant tout le vol. À chaque mile nous rapprochant de notre destination, j'ai eu l'impression de la voir se crisper un peu plus. Sa mère m'a semblée si gentille au téléphone, j'ai un peu de mal, du coup, à comprendre ce qui peut rendre Hailey si anxieuse ni ce qui a pu la motiver à s'éloigner autant d'eux. Lorsque l'avion atterrit enfin, je peux presque voir les rouages de son cerveau s'activer dans l'élaboration d'une excuse valable qui nous obligerait à prendre immédiatement un vol de retour.

Nous venons juste de passer les portes de la salle de débarquement lorsqu'elle tente une échappatoire :

— Et si…

Pas le temps de me dire ce qu'elle comptait faire qu'une voix l'interpelle. Hailey soupire et ferme les yeux. De mon côté, je ris en silence.

— Allez, un peu de courage, ça se passera bien. Et si ce n'est pas le cas, je te promets qu'on prendra le premier vol.

Cela semble la rassurer un peu. Redressant les épaules comme une guerrière prête au combat, elle se retourne pour faire face au couple qui arrive à grands pas. Sourire crispé sur les lèvres, elle attrape ma main et la broie tant son corps se tend. Je suis le mouvement et détaille ses parents. Son père, cheveux grisonnants, baraqué comme un camionneur, enlace sa femme, petite, svelte, cheveux bruns. Cette image me fait sourire. Il pourrait la briser en mille morceaux rien qu'en la tenant par la taille. Hailey ressemble quand même beaucoup à sa maman, je trouve qu'elles ont le même sourire.

— Hailey ! s'écrie sa mère en la serrant contre elle.

Ma petite amie ne lâche pas ma main, comme si cela pouvait la réconforter. Son père s'avance et m'observe d'un air méfiant. Je lui tends ma main libre pour le saluer.

— Enchanté, Monsieur O'Brien. Je suis Ashton.

Il m'observe un instant avant qu'un léger sourire étire ses lèvres. Il me rend la politesse chaleureusement. Quand c'est au tour de madame O'Brien de me saluer, elle me prend carrément dans ses bras et je me mets à rire. Pourtant, bien vite, au regard que me lance ma petite amie, je comprends qu'elle n'est pas à l'aise, alors je recule. Sa mère est attendrie quand j'attire sa fille pour la serrer contre moi.

Nous allons ensuite jusqu'au parking, où la voiture nous attend. Je jette un coup d'œil à Hailey, elle ne s'est pas encore détendue. Son sourire est toujours aussi crispé. Je me penche alors vers elle.

— Qu'est-ce que tu ne me dis pas ?

— Ce n'est pas le lieu.

D'accord. Il y a bien quelque chose que j'ignore, mais je ne vais pas le savoir immédiatement. Nous entrons dans la voiture, Hailey reste silencieuse durant tout le trajet, ne répondant que par monosyllabe. Je lui donne un coup de coude. Elle a de la chance d'avoir ses deux parents en vie, et j'avoue un peu être agacé qu'elle n'en profite pas à sa juste valeur. Mais comme elle ne compte pas me dire dans l'immédiat ce que j'ignore sur eux, je ne lui fais aucune remarque.

Une bonne heure plus tard, nous arrivons dans un quartier résidentiel avec des maisons plus belles les unes des autres. Ils vivent ici ? C'est un coin charmant, on se croirait dans la série avec les cinq femmes au foyer un peu folles. Ma sœur était dingue de cette série et j'ai été obligé de me coltiner quelques épisodes avec elle. Le père de Hailey se gare dans une allée en gravier devant une maison blanche sur deux étages. Devant, il y a un petit jardin ainsi qu'une balancelle sur le porche. Nous sortons et je m'empare de sa valise dans le coffre. J'attrape ensuite mon sac de sport et le jette sur mon épaule. Je ne la laisse pas approcher de son bagage, ce qui fait couiner sa mère. Bon, on dirait qu'elle n'a jamais vu un mec prendre soin de sa fille. Hailey me montre le chemin jusqu'à sa chambre et elle se laisse tomber sur le lit alors que je regarde tout autour de moi. Des posters sont épinglés un peu partout au mur. J'en fixe un et le pointe du doigt.

— Hailey, non ! Tu te fous de moi ?

Elle suit du regard la direction que je montre. Elle commence à rire et se cache le visage de honte.

— J'avais dix-sept ans, d'accord ?

— Ma sœur en a dix-huit, et il ne me semble pas qu'elle ait des posters de Bieber accrochés au mur !

Elle rit, gênée.

— Oui, eh bien, voilà ! On ne va pas en parler durant des heures !

— Bon sang ! Moi qui te trouvais parfaite... Je vais revoir mon jugement, dis-je d'un ton que je veux faussement choqué.

Elle me lance un coussin que j'esquive de justesse. Je l'attrape à mon tour et la vise en pleine tête.

— Hé !

S'ensuit une petite bataille d'oreillers parsemée de rires et de petits cris. Évidemment, nous finissons tous les deux sur son lit. Elle allongée, et moi, à califourchon, la privant du moindre mouvement. Elle tente de retrouver l'usage de ses bras, mais n'y parvient pas.

— Hailey ? appelle sa mère depuis l'étage inférieur.

— Sauvée par ta maman... Tu vois, elle n'est pas si méchante que ça, lui murmuré-je en lui volant un baiser.

Elle ronchonne mais finit tout de même par se lever. Nous descendons rejoindre ses parents sur la terrasse à l'arrière. La table est mise pour le repas de midi. Je compte quatre assiettes de plus que le nombre que nous sommes. Hailey semble le remarquer aussi, car elle a un temps d'arrêt. Son père est au barbecue et me fait signe de m'approcher de lui. Il prend deux bières dans une glacière et m'en tend une. Hailey part à la cuisine avec sa mère pour terminer les préparations. Son paternel me questionne sur mon métier, ma famille et ma vie lorsque nous entendons ma petite amie crier.

— Tu as fait quoi ?! MAMAN ! Mais ce n'est pas vrai !

CHAPITRE 40
Hailey

Quand ma mère m'a annoncé qu'elle avait invité mon frère et toute sa famille pour midi, j'ai bien cru que j'allais l'égorger avec le couteau de cuisine que je tenais dans ma main. Bordel ! Je savais bien que c'était une mauvaise idée de venir ici.

— Pourquoi ?

— Il est temps que tu deviennes adulte. Et aucun de vous ne semble vouloir arranger les choses.

— Il est au courant que je suis là ?

Elle secoue la tête négativement. Oh punaise ! Il va être fou de rage et Ashton va finir par me laisser tomber et prendre son parti, comme mes parents l'ont fait lorsque j'ai décidé de partir de chez moi, juste après ma remise de diplômes. Ma nièce avait fait une mauvaise chute ce même jour et mes parents avaient décidé d'accourir à l'hôpital au lieu de venir assister à ma remise de diplôme. Je l'avais très mal pris. Je sais que ça peut paraître capricieux, mais depuis toujours, il n'y en a que pour mon frère. Il faisait du base-ball, moi de la danse. On ne devait louper aucun match, mais mes spectacles, on s'en fichait, car, il y avait toujours un match ce jour-là et mes parents ne pouvaient pas être partout en même temps. J'avais huit ans quand je me suis luxé le genou, il m'a fallu attendre des heures, seule à l'hôpital avec pour seule compagnie ma prof de danse. Mon frère avait trop bu ce jour-là et il avait fallu aller le sortir de prison pour conduite en état d'ébriété. Je n'ai jamais réussi à oublier le regard empli de pitié que m'a lancé Miss Pimble.

Petit à petit, j'ai compris que pour eux, je ne représentais qu'un accident de parcours. De toute manière, mon père ne désirait pas avoir de fille. Il ne voulait pas de deuxième enfant. Parfois, quand mes parents se disputaient, il disait à ma mère qu'elle aurait mieux fait d'avorter parce que je n'étais qu'une petite gamine capricieuse qui voulait toute l'attention sur elle. C'était faux. Je demandais simplement qu'ils ne m'oublient pas au profit de mon frère. Quand Brandon est parti de la maison, j'espérais que les choses iraient mieux, mais pas du tout. Il s'est marié, a eu des enfants. Et moi ? Eh bien, j'étais la jeune sœur qui tapait des crises parce qu'elle manquait de reconnaissance.

Alors, non, je n'ai pas envie de me retrouver face à mon frère et sa petite famille parfaite. J'aimerais aller trouver Ash pour lui dire que je veux rentrer. C'est d'ailleurs ce que je vais faire de ce pas. Je vais dans le jardin et lui demande s'il veut bien me suivre. Il acquiesce et m'emboîte le pas. Quand je prends ma valise et lui indique son sac, il me demande ce qu'il m'arrive.

— Brandon, mon frère. Il sera là à midi. Je ne veux pas... Je ne peux pas, Ash.

— D'accord, d'accord. Calme-toi miss. Viens là...

Il me serre dans ses bras et cet instant me fait tout oublier pendant quelques secondes. Mais quand la sonnette retentit dans toute la maison, je me crispe. J'entends des rires ainsi que des enfants crier « Grandma » et « Grandpa » à tout va.

Ils sont là et je n'ai pas pu m'en aller avant. En ce moment, je donnerais n'importe quoi pour être ailleurs.

— Je ne veux pas y aller, Ash.

— Qu'est-ce que tu ne me dis pas, Hailey ?

— Je…

Je n'ai pas envie qu'il me prenne en pitié ni qu'il donne raison à ma famille, mais je décide de lui faire un résumé de ma vie ici, de la cause de mon départ. Il ne dit rien, mais je sens bien que son corps entier se tend à l'évocation des événements.

— Putain… Je… Merde ! si tu m'avais dit tout ça, jamais je n'aurais accepté la proposition de ta mère…

Je me colle un peu plus à lui, patientant quelques minutes avant de prendre mon courage à deux mains. Je suis habitée par une nouvelle motivation : hors de question de montrer que ce petit jeu me touche. Mon frère veut jouer ? Très bien, mais cette fois, ce sera avec mes règles à moi. Je souffle un bon coup et regarde Ashton droit dans les yeux. Je me lève ensuite sur la pointe des pieds et l'embrasse à pleine bouche, provoquant un léger sursaut chez lui. Il m'attrape par la taille et me colle à son corps chaud. Sa langue conquière ma bouche et mes mains partent à l'exploration de son torse. Soudain, il me repousse gentiment.

— Hailey, murmure-t-il. Je ne crois pas que je fasse bonne impression si j'ai une érection d'enfer la première fois que je rencontre ta famille.

Rouge comme une pivoine, je baisse le regard pour constater l'énorme bosse contre sa braguette.

— Oh…

— Que me vaut l'honneur de ce baiser ?

— J'avais besoin de courage. Merci.

— Quand tu veux, miss.

Je lui prends la main et m'encourage mentalement. Allez, je peux le faire ! Nous descendons les marches et nous nous rendons au salon, où mon frère et sa femme rient joyeusement avec mon père. Soudain, deux petites têtes courent dans notre direction et stoppent net.

— Maman ? C'est qui la dame ? demande mon neveu.

Mon cœur se serre, je dois retenir mes larmes, car mine de rien, ça me blesse. Mon frère se tourne et fronce les sourcils. Quand il me reconnaît, il pivote à nouveau vivement vers notre père.

— C'est une blague ?, demande-t-il d'un ton empli de hargne.

Ashton resserre son étreinte comme pour me dire : ne t'inquiète pas, je ne laisserai pas ce connard te faire du mal. Mon corps tremble. Ma mère arrive et sourit largement.

— Ha, te voilà enfin, Hailey. Brandon, je te présente Andrew, le…

— Ashton, dis-je froidement. Il s'appelle Ashton, maman !

Je me retiens de lui demander si ce que je lui raconte a vraiment de la valeur puisqu'elle ne m'écoute de toute manière jamais.

— Oui, pardon ! Brandon, voici Ashton, le compagnon de ta… de Hailey, se reprend-elle.

Il me semble que je reste sa sœur quoi qu'il en pense, non ? Je sens la colère s'emparer de moi. Mon frère me toise et je lui rends son regard. Pourtant, il est le premier à agir en adulte – comme toujours, dirait ma mère – et s'approche pour me faire la bise. Tente-t-il de donner une bonne impression à Ashton ? Il perd son temps, mon petit ami sait déjà à qui il a affaire. Il tend la main à mon homme, qui hésite un moment avant de lui répondre. Leur échange est viril et, si je n'étais pas tant en colère contre mon frère, je pourrais intervenir en disant que trop de testostérone tue le truc, mais je me tais.

Alicia, la femme de mon frère, arrive à son tour et me claque une bise. Faux-cul numéro un sourit à Ashton et demande à ses enfants de saluer leur tata. Je grimace. En même temps, les petits n'y peuvent rien si leurs parents sont des connards. Ils s'exécutent avant de repartir jouer. Mon père est tendu, mais il tente de le dissimuler. Il nous invite ensuite à nous asseoir pour prendre un apéritif. J'ai l'impression d'être un robot, effectuant une tâche programmée dans mon système. Ashton m'attrape tendrement la main et s'installe juste à côté de moi. Il caresse ma paume d'un air absent en regardant les enfants jouer.

Brandon accepte la bière que mon père lui tend, il la lève en guise de santé et boit une grande gorgée. Quant à moi, je sirote mon verre d'eau sans me préoccuper d'eux. Je ne veux pas me forcer à leur parler.

— Alors, Hailey, comment tu vas ? demande Alicia.
— Très bien. Merci.

Je ne veux pas savoir combien sa vie la comble, je m'en contrefous si elle se porte bien ou non. Je veux simplement que ce repas se déroule rapidement et que je puisse me tirer d'ici dès que l'occasion se présentera.

CHAPITRE 40
Ashton

L'ambiance est tendue. Hailey et son frère s'ignorent totalement et Alicia tente de faire parler ma petite amie. Si elle ne cesse pas immédiatement, je vais lui renverser ma bière en pleine gueule. Ils peuvent arrêter leur petit jeu, franchement ! Je suis au courant de leurs agissements, je ne laisserai pas Hailey. Je ne ferai pas cette erreur.

Quand le repas est servi, madame O'Brien tente bien de faire parler ses enfants, mais ils ne sont pas coopératifs. En fait, cela m'irrite. Quand je vois comme je suis avec Lycia, je me dis que ce Brandon est un sacré enfoiré. Que sa sœur amène son mec qu'il ne connaît ni d'Adam ni d'Ève n'a vraiment pas l'air de l'intéresser. Si Lycia ramène un type que je ne connais pas, je le surveille, l'assaille de questions et le mets dans des situations plus qu'inconfortables pour voir s'il a vraiment l'étoffe d'un mec prêt à tout pour ma sœur, ou non. Ici, rien de tout ça. C'est comme s'il s'en fichait pas mal de ce que Hailey fait de sa vie.

J'avoue n'être pas trop à l'aise. Je trouve également que les parents de ma copine auraient pu la prévenir que son frère serait là. Sa mère tente une énième approche.

— Hailey, ma chérie, et si tu racontais à ton frère ce que tu deviens.

— Pourquoi ? répond-elle subitement.

Il lève les yeux au ciel et s'adresse à elle pour la première fois.

— T'es toujours autant une sale gamine capricieuse... Grandis un peu !

Je serre mon poing sur la table. Il me cherche en insultant ma copine ? Il va me trouver, si ça continue.

— Comme si ma vie vous intéressait subitement...

Je sens que ça va péter. Sévère.

— Hailey ! se met à gronder son père.

— Quoi ? J'ai tort ? Papa, combien d'années ai-je pratiqué de la danse ? À combien de reprises es-tu venu me voir ? Oh ! Et la fois où j'ai fini à l'hôpital, vous avez préféré aller sortir cet imbécile du trou parce qu'il s'était fait arrêter alors qu'il conduisait bourré... Brandon est tellement précieux qu'il faut toujours tout faire pour lui...

— T'es sérieuse ? se met à rire son frère.

— Hailey, franchement... commence sa mère.

Ma petite amie ne se laisse pas démonter. Elle se lève, faisant tomber sa chaise et se met à hurler à présent :

— Mais putain de merde ! Je sais que vous n'avez jamais voulu de moi, je sais que vous avez toujours regretté de m'avoir gardée. Je le sais, je l'ai toujours su. Alors pourquoi vous ne vous êtes pas contentés de m'oublier quand je me suis enfin effacée du tableau ? Je vous ai offert l'opportunité que vous n'aviez pas su saisir quand vous avez appris que maman était enceinte. Alors, saisissez-la, bon sang ! Oubliez que vous m'avez donné le jour et laissez-moi vivre ma vie de mon côté !

Sans un mot de plus, Hailey quitte la pièce. Sa mère a les larmes aux yeux, les mains devant sa bouche, horrifiée par ce qu'elle vient d'entendre. Son père... Je n'arrive pas à savoir ce qu'il pense. Quant à son frère et son épouse... Est-ce une pointe de culpabilité que je vois dans leurs yeux ?

Ces gens me déçoivent. Ils ont eu la chance de pouvoir élever une fille incroyable, et ils n'ont fait que la repousser au fil des ans. Pourquoi vouloir me rencontrer, finalement ? Pour se donner l'impression d'être malgré tout de bons parents soucieux de leur fille ?

Me levant à mon tour, je prends le même chemin que Hailey. En cet instant, elle a besoin de ma présence, et moi, je ne faillirai pas. Je frappe quelques coups à la porte de la chambre et entre. Hailey est en train de refermer sa valise, elle a les yeux brouillés de larmes. Quand elle me voit enfin, elle évite mon regard.

— Hey… Regarde-moi, dis-je doucement.

— Je suis désolée, Ash…

— De quoi ? D'avoir enfin dit ce que tu avais sur le cœur ? Arrête de t'excuser. C'est à eux de le faire.

— Mais je…

Je secoue la tête, pose mon index sur ses lèvres.

— Je m'en fous que tu ne sois pas assez bien pour tes parents, parce qu'à mes yeux, tu es parfaite. Tu es la femme la plus courageuse que je connaisse. Certes, tu es têtue comme une mule et ce que j'aime chez toi, c'est que tu ne te laisses jamais faire. T'es magnifique, exceptionnelle et s'ils ne sont pas capables de t'aimer comme tu es, laisse-moi le faire à leur place…

Elle regarde subitement mon visage, l'air de se demander si j'ai bien dit ce qu'elle a entendu. Je viens de lui dévoiler que je tenais à elle sincèrement. Je n'ai pas dit les trois petits mots, mais c'est ce que ça signifie, en fin de compte. Je crois que je suis tombé raide dingue d'elle à l'instant où elle a voulu me planter sur place parce que je me suis mis à fumer devant elle. Cette femme m'a eu et elle me tient maintenant par les couilles. Je pourrais m'en aller à l'autre bout de la Terre, il y aurait toujours une part de moi auprès d'elle. Je ne veux pas qu'elle souffre, je veux la voir sourire, rire et rayonner même quand le monde semble s'écrouler autour de nous. J'aimerais être sa bouffée d'oxygène comme elle l'est pour moi. Elle est comme une flamme attirant un papillon. Même s'il sait qu'il va se cramer, il ne peut résister à la tentation de s'approcher tant cette lueur l'hypnotise. Elle pourrait me quitter, je continuerais à l'aimer et à veiller sur elle.

Quelqu'un frappe à la porte. Hailey sursaute et perd soudainement cette petite lueur de joie dans le regard. Je grogne de frustration. La porte s'ouvre sur son frère et je me mets devant Hailey, comme pour la protéger de lui. Un mot de travers et je le pulvérise.

— Est-ce que je peux parler à ma sœur en privé ?

Je me tourne vers la principale concernée qui secoue la tête.

— Si tu as quelque chose à dire, c'est devant Ashton. Sinon, tu peux te tirer, Brandon.

— Je... D'accord, finit-il par se résigner.

Il montre la chaise de bureau et demande s'il peut s'installer. Sa sœur croise les bras et le toise.

— Non. Reste debout.

Je dois me retenir de ricaner. Il semblerait que Brandon réalise enfin que sa sœur n'est plus une petite fille, mais une femme qui sait ce qu'elle veut.

— Qu'est-ce qui t'a pris tout à l'heure ? Maman a fini en larmes.

Putain ! Il vient pour la culpabiliser ? Je me prépare à intervenir, mais le ricanement de Hailey me surprend autant que son frère.

— Pauvre maman... Sa vie est terrible. Préférer avoir une bonne image devant ses amies plutôt que de faire un effort pour sa fille, ce doit être... insurmontable ! Et que dire de Papa qui ne voulait pas de deuxième enfant, encore moins d'une fille ? Comment dit-il, déjà ? Ah oui ! Le sexe faible... Et puis, il y a toi. Le petit roi qui a toujours eu tout ce qu'il voulait sans devoir bouger son cul ! Des conneries ? Je n'ai pas assez de doigts pour compter le nombre que tu as faites, et pourtant, jamais je n'ai entendu les parents te réprimander.

Ils te choyaient, et si moi, j'avais le malheur de ramener une mauvaise note, on m'interdisait de me rendre à mes cours de danse… ça te faisait marrer de me voir bouder du haut de mes sept ans… Tu ne m'as jamais prise au sérieux et honnêtement, ça m'a blessée, mais aujourd'hui, je m'en contrefous, Brandon ! Parce que je sais ce que je vaux, et je ne te laisserai jamais me faire douter de ça. Vis ta vie, oublie-moi comme tu l'as si bien fait jusqu'à présent !

La vache ! Le visage de son frère s'est décomposé au fur et à mesure. Si Lycia m'avait envoyé la moitié de ça à la gueule, je serais anéanti.

— Hailey, je…

— Je m'en fous, tu comprends, ça ? Va-t'en. Sors de ma vie et n'y reviens jamais ! Je n'ai plus besoin de toi, contrairement à ce que je croyais !

Sous le choc, son frère recule d'un pas. Il passe une main dans ses cheveux et cette fois, je n'ai plus aucun doute, toute la culpabilité du monde semble l'accabler. Je m'avance vers lui.

— Je crois que vous vous êtes tout dit.

Et je le pousse hors de la chambre pour lui claquer la porte au nez.

Hailey

Inutile de préciser que nous avons quitté le domicile de mes parents sans regret, une heure plus tard. Ashton a réservé une chambre d'hôtel pour la nuit, car le prochain vol pour rentrer chez nous n'est que demain à seize heures. Il était hors de question que je reste une minute de plus entourée de ces gens qui n'ont eu de cesse de me rabaisser. Je ne veux plus avoir de nouvelles d'eux pour l'instant. Ma mère a bien compris qu'il était inutile de tenter de me recontacter. J'ai dit que je le ferais moi, si je parvenais un jour à leur pardonner.

Nous sommes allongés sur le lit, nous contemplant dans les yeux, lorsque son portable vibre sur la table de nuit. Il fronce les sourcils.

— Lycia ?

Il met le haut-parleur.

— Saluuuuut vous deux !

Je ne peux contenir mon sourire face à son air enjoué.

— Tout va bien ?

— Mmh. Oui. Enfin, du moins, je crois. Et vous ? Alors, comment c'est ?

Il grimace et je me contente de répondre :

— Sans commentaires. On rentre demain...

— Demain ? demande-t-elle, plus surprise qu'elle ne devrait. Euh... Quand ? Enfin à quelle heure ?

Ashton m'adresse un regard plein de sous-entendus. Il pense à la même chose que moi : sa sœur pensait profiter de notre absence pour un peu faire la fête à l'appartement.

— Lycia, commence Ashton.

— Non. Enfin, ça dépend. Peut-être... qu'allais-tu demander ?

Ne tenant plus, j'éclate de rire. Elle allait clairement prévoir une soirée et se voit obligée de l'annuler à cause de son grand frère.

— Hailey, tu n'as pas envie de proposer à mon frère de dormir chez toi, demain ? demande-t-elle mielleusement.

— Je n'y crois pas ! s'écrie Ashton à son tour. Pas de fête chez moi, Lycia !

— Viens la faire chez moi, lui proposé-je.

Son frère prend le combiné et lui dit qu'il la rappelle. Il se tourne vers moi.

— Tu ne peux pas aller contre mon autorité...

Il tente de rester sérieux, mais je vois bien qu'il a du mal à me tenir tête. Quand il se jette sur moi pour me chatouiller, je crie et me débats pour lui échapper, mais bien vite, il me prive de tout mouvement.

— Ton rire est si magnifique que je vais continuer à te torturer, dit-il en s'exécutant.

Je finis par réussir à lui échapper et cours à l'autre bout de la pièce. Reprenant mon souffle, en continuant de rire face à sa mine contrite.

— Moi, je trouve que c'est une bonne idée de laisser ta sœur organiser une soirée. Après tout ce qu'elle a vécu, qui la blâmerait de vouloir s'éclater avec ses amis ?

— Tu veux prêter ton appartement pour l'occasion, vraiment ? Tu sais ce que font les jeunes de dix-huit ans durant ce genre de soirée ?

Un sourire moqueur s'étend sur mon visage.

— Parce que tu vas me le dire, grand-père ?

— Pardon ?

Je me mets à rire. Sa tête vaut vraiment le détour.

— J'ai vingt-deux ans, tu te souviens ? Ce qui veut dire que les soirées, je connais. Pendant que toi, tu vas t'endormir à vingt-deux heures devant la télévision, ta sœur et moi, on sort... Tu sais... On est jeunes, nous.

Il se lève d'un bond et la course poursuite reprend de plus belle. Ça me fait tellement de bien de rire et de m'amuser ! J'en ai grandement besoin. Ashton m'attrape dans ses bras et se dirige vers le lit, où il m'allonge. Il se jette sur moi et m'embrasse dans le cou.

Je l'entends marmonner « Tu verras ce qu'il va te faire, le grand-père ». L'une de ses mains passe sous mon tee-shirt alors que de l'autre, il ramène mes cheveux du côté droit de mon visage pour m'embrasser dans le cou. Dans un réflexe, j'arc-boute mon bassin pour aller à la rencontre de son corps. Mes mains partent en exploration sans se gêner. Dans un geste précis, il ôte son tee-shirt et je vais caresser ses abdos. Il m'enlève également mon débardeur et a un moment d'arrêt en découvrant mon sous-vêtement. Il est en dentelle, gris et laisse entrevoir ma poitrine, qui ne demande qu'à être esclave de ses doigts. Je songe un instant qu'il doit rappeler sa sœur, mais il parvient à me faire oublier ce détail en deux petites secondes lorsque ses lèvres descendent le long de mon cou pour effleurer ma poitrine. Oh...

Je le sens sourire contre ma peau lorsqu'un petit gémissement de frustration s'échappe de mes lèvres quand il tourne autour du pot. Il cherche à me rendre folle et ça fonctionne, punaise !

— Ash...

— Chhh...

Il tient mon bassin pour que je ne bouge pas. J'ai envie qu'il descende bien plus bas avec sa bouche. Qu'il me caresse à m'en faire perdre la tête et surtout, qu'il me fasse l'amour pour que j'oublie toute la merde qui s'est accumulée autour de moi et ma « famille ». Comme s'il entendait ma supplique silencieuse, il déboutonne mon jeans et glisse sa main à l'intérieur. Je me colle à lui. Il m'embrasse tendrement tout en continuant ses caresses qui me rendent complètement folle de désir. Il finit de me déshabiller et me rappelle qu'il lui reste encore des couches à ôter. Cette fois, je ne vais pas tout gâcher en lui disant de descendre sa fermeture éclair. Je le fais moi-même sans réfléchir, parce que je ne peux attendre plus longtemps. J'ai besoin de lui.

Ashton s'écroule à côté de moi tentant de reprendre son souffle. Je dois admettre que je ne suis pas bien mieux, mais un sourire ravi illumine mon visage. Je roule sur le côté pour poser ma tête sur son torse. Son cœur bat si vite qu'il pourrait bien s'échapper de sa poitrine. Il m'embrasse sur le front.

— T'es incroyable, murmure-t-il. Je crois que je suis en train de tomber fou amoureux de toi, Hailey…

Je me relève, surprise mais touchée par ses mots.

— Ash… ?

— Je suis fou de toi, je n'y peux rien. Tout mon monde ne tourne qu'autour de toi. C'est flippant, mais j'adore ça, putain ! J'aime te sentir contre moi, savoir que si tu souris, c'est aussi un peu grâce à moi. Comme je te l'ai dit tout à l'heure, si ta famille ne parvient pas à t'aimer à ta juste valeur, moi, je le peux. Je t'aime, Hailey.

— Je… Ashton, je t'aime aussi.

Il sourit et m'embrasse passionnément. J'ai bien l'impression que nous sommes repartis pour un tour, mais son portable vibre à nouveau. Il se plaint que le monde en a après lui et je glousse.

— Lycia…

À nouveau le haut-parleur.

— Tu as dit que tu me rappelais… il y a genre une heure ! Je ne veux pas savoir ce que vous avez fait, mais… Pour ma petite fête…

— Je le répète, dis-je avant qu'Ashton ne puisse réagir, viens la faire chez moi. On laissera le grand-père chez lui.

Elle éclate de rire et me remercie au moins cent fois avant de nous laisser profiter de notre soirée en amoureux.

— Je sens que ma vie va devenir un enfer… Tu es beaucoup trop proche de ma sœur.

— Au fond, tu adores ça.

— C'est toi que j'adore, NSS.

En fin de compte, Ash n'est pas un PMB comme je le pensais au départ…

FIN

DES MÊMES AUTEURES :

Charlene Kobel

Romances adultes et jeunes adultes :

Déjà parues :
Fuis-moi, je te suis
Notre dernière chance
Escapade romantique
Douce Attirance - 1. Lui succomber
Noël avec toi ? Même pas en rêve !
Noël avec lui ? Pourquoi pas !

À paraître :
Douce Attirance - 2. L'aimer

Romance ados et jeunes adultes :

Déjà parues :
Tout recommencer - 1. Une nouvelle vie
Camille, miss cata (malgré moi)

À paraître :
Tout recommencer - 2. Un pas après l'autre

Témoignages
Brisée / L'Espérance m'a sauvée
Accepter de te dire à Dieu

Léane Morton

Aux Editions Bookmark :

Les frères Delacroix
Cherche Insipration Désespérément